Anna Carey

Tradução de
ALDA LIMA

Rio de Janeiro | 2011

CIP-BRASIL. CATALOGAÇÃO-NA-FONTE
SINDICATO NACIONAL DOS EDITORES DE LIVROS, RJ

Carey, Anna
C273i   As irmãs Sloane / Anna Carey; tradução de Alda Lima. –
Rio de Janeiro: Galera Record, 2011.

Tradução de: Sloane sisters
ISBN 978-85-01-08631-0

1. Literatura infantojuvenil americana. I. Lima, Alda. II. Título.

11-3563
CDD: 028.5
CDU: 087.5

Título original em inglês:
Sloane Sisters

Copyright © 2009 by Alloy Entertainment

Texto revisado segundo o novo Acordo Ortográfico da Língua Portuguesa.

Todos os direitos reservados. Proibida a reprodução, no todo ou em parte, através de quaisquer meios. Os direitos morais do autor foram assegurados.

Design de Capa: Marília Bruno

Direitos exclusivos de publicação em língua portuguesa somente para o Brasil adquiridos pela
EDITORA RECORD LTDA.
Rua Argentina, 171 – Rio de Janeiro, RJ – 20921-380 – Tel.: 2585-2000, que se reserva a propriedade literária desta tradução.

Impresso no Brasil

ISBN: 978-85-01-08631-0

Seja um leitor preferencial Record.
Cadastre-se e receba informações sobre
nossos lançamentos e nossas promoções.

EDITORA AFILIADA

Atendimento e venda direta ao leitor:
mdireto@record.com.br ou (21) 2585-2002.

Para as irmãs que encontrei nas minhas amigas

Prólogo

Era uma vez quatro lindas e fabulosas irmãs que moravam juntas. Exceto que ainda não eram irmãs. E que aquele "era uma vez"... Bem, se passa agora.

Existem várias histórias sobre garotas na cidade de Nova York, mas nada supera uma fábula moderna. E nenhum lugar consegue ser mais mágico do que Manhattan, com seus arranha-céus cintilantes, duplex imponentes e moradores glamourosos.

Nossa história começa com Cate e Andie. A mãe delas morreu quando as duas eram ainda bem jovens. Parece o começo de um daqueles filmes da Disney, certo? Errado. Cate pensa que seu passado trágico justifica sua atual atitude de diva. E quanto à Andie, tudo o que ela quer é roubar a atenção de sua irmã mais velha linda e perfeita. Se ao menos ela tivesse uma fada madrinha — err... fada irmãzinha — para ajudá-la a encontrar um jeito...

Do outro lado do oceano, Stella é bonita e alegre — sem falar em popular — como uma borboleta. Sua irmã mais nova, Lola, — nem tanto. Mas talvez uma mudança de cenário possa transformar essa pequena e esperta lagarta em uma beldade adorável. Afinal, metamorfose não é um dos temas mais eternos de todos os tempos?

Então relaxe e divirta-se com este pequeno conto de ninar. E não pense que sabe como tudo vai terminar.

Nem todos os contos de fadas têm finais felizes...

Não há lugar como a sua casa

Stella Childs observava, irritada, sua irmã de 12 anos, Lola, colocar sua casinha de gato da Burberry em cima do banco de couro preto e olhar para dentro.

— Não tenha medo, Heath Bar — disse Lola. — Chegamos! Nova York!

Alguns bigodes se espetaram para fora da portinha da grade e o gigante gato laranja miou. Stella revirou os olhos e se virou de volta para a janela.

— Stella, querida, você está bem? — Na limusine, Emma Childs olhou para sua filha mais velha, que estava sentada do outro lado da casinha de gato, passando um dedo por uma listra vermelha da estampa xadrez Burberry.

— Ótima.

Simplesmente ótima. Stella desceu o vidro fumê e deixou o vento quente soprar por seus cachos loiros na altura dos ombros. A Times Square passava voando lá fora, com suas fachadas gigantescas e extravagantes. Um Rolex do tamanho de um prédio de seis andares mostrava as horas: 16h07 — o que significava pouco depois das nove horas em Londres. Robin Lawrence estava dando uma festa em seu flat em South Kensington, como fazia todo ano na sexta-feira antes do início das aulas. Ele tinha imensos olhos castanho-escuros e um cabelo preto rebelde que parecia ter sido cortado com um facão. Era adorável. Stella devia estar lá.

Emma manteve seus olhos verdes em Stella e desabotoou o topo de seu trench coat bege.

— Estou ansiosa para passarmos o fim de semana juntas, para colocarmos as coisas em ordem antes de começarem na escola. Senti tantas saudades de vocês duas neste verão.

Stella e Lola tinham passado o verão na Toscana com a avó, que tinha se mudado para lá dez anos atrás para cultivar uvas orgânicas e produzir seu próprio vinho com gosto de vinagre. Mas qualquer coisa era melhor do que passar o verão enfurnada em Londres, onde os tabloides estavam descrevendo cada detalhe do recente divórcio de seus pais.

— Mãe, você vai estar nos outdoors da Ralph Lauren? — Lola perguntou animada, olhando para cima para um anúncio de lingerie Calvin Klein.

— Presumo que sim — Emma respondeu. — Mas ainda não começamos a fotografar, então vai demorar um pouco.

Stella revirou os olhos. Emma, tão inglesa como o críquete, chá e bolinhos, era agora o rosto da marca mais americana do planeta. Logo estaria comendo cachorro-quente e fazendo churrascos no feriado de quatro de julho.

— Vai sentar na primeira fila no desfile da Fashion Week? — Lola continuou, animada.

— Provavelmente. — Emma apenas sorriu.

— Quando for, certifique-se de agradecer a Ralph por arruinar a minha vida. — Stella murmurou, mantendo os olhos no táxi cor de mostarda correndo ao lado. O menininho no banco de trás estava com o polegar enfiado no nariz.

— Sei que isso é difícil para você, Stella, mas vir para Nova York vai ser bom para nós. Winston está tão animado de estarem aqui também — disse suavemente sua mãe. — Estou feliz de finalmente serem devidamente apresentados.

Stella dobrou os dedos do pé dentro de suas sandálias plataforma Juicy. Lá vinha esse nome de novo — *Winston*. A primeira vez que Stella ouviu falar em Winston foi na primavera, quando Emma voltou, após a assinatura do contrato com a Ralph Lauren em Nova York. Stella e Lola estavam passeando com a mãe em Kensington Gardens, observando os barquinhos em miniatura atravessarem o Round Pond, quando Emma deu a notícia. Stella tinha processado apenas algumas palavras — *conexão profunda, Nova York, mágico, banqueiro, duas filhas* — mas tinha sido o suficiente para saber que sua mãe tinha um namorado. E ela não queria pensar em Emma tendo uma "conexão profunda" com ninguém.

Cinco meses mais tarde, estava claro que Winston não ia desaparecer — mas Stella pretendia ficar o mais longe possível dele. Afinal, Nova York era uma cidade com oito milhões de pessoas. Não pode ser difícil, certo?

Sua mãe manteve os olhos na filha mais velha enquanto desembaraçava com os dedos os nós causados pelo vento no cabelo de Lola.

— Sei que está chateada comigo agora — disse, enquanto a limusine passeava pelo Central Park, onde grupos de adolescentes esparramavam-se sobre toalhas de praia, aproveitando as tardes preguiçosas de sexta-feira. — Mas nos mudarmos para cá é a coisa certa a fazer para todas nós. Não podia deixá-las em Londres nem um segundo a mais. Esse trabalho não foi apenas uma boa oportunidade para mim. Vai ser bom para todas nós. É só que... — Sua voz falhou.

Stella esperou ela continuar e mencionar seu pai e o caso que os trouxe a Nova York, mas ela não o fez.

Lola lançou a Stella um olhar de por-quê-você-tem-que--ser-uma-pessoa-tão-horrível, mas Stella apenas olhou de volta com desprezo. Ela não era horrível, era honesta.

Era verdade que Londres tinha sido péssima este ano, mas era para Stella ter ido para a Millshire Preparatory School no outono, a escola mais elitista de Londres. Ela já tinha ido com suas melhores amigas, Pippa e Bridget, comprar as roupas para o primeiro semestre inteiro. Mas agora ia para a Ashton Prep, uma escola *só de garotas* onde usavam *uniformes* todo dia. Era tanto desperdício deixar Londres agora, com um guarda-roupa novinho, que só serviria para dar uma voltinha nos fins de semana.

Stella mordeu uma cutícula. Ela odiava Nova York. Ela odiava ter que deixar suas amigas, sua escola, suas roupas, sua *vida* para trás. Mas mais do que tudo, ela odiava Cloud McClean, aquela imbecil, que usava macacão, metida-a--ícone-pop, que tinha roubado seu pai, o Duque Theodore "Toddy" Childs, de sua mãe — de todas elas.

Depois que descobriu que seu pai estava traindo sua mãe com a Britney Spears da Grã-Bretanha, ela não queria mais falar ou pensar nisso. Até agora, Pippa e Bridget eram as únicas duas pessoas de fora da família que sabiam por que seus pais haviam se divorciado.

— Desculpe, mãe. — disse Stella finalmente, tão baixo que duvidava que Emma tivesse escutado. Sua mãe apertou um dos dedos contra a têmpora e suspirou. Mesmo quando Emma estava nervosa ou chateada, ainda ficava linda. Seu cabelo loiro-claro caía bem nos ombros, e as limpezas de pele semanais davam ao seu rosto um brilho permanente.

— Olha! — Lola gritou.

A limusine acelerou por uma larga avenida, e Stella olhou as lojas passarem uma a uma — Armani, Versace, Donna Karan, Chloé —, sentindo como se estivesse vendo velhas amigas. Stella escorregou para o assento do meio para olhar sobre o ombro de Lola. Uma garota com enormes óculos Gucci saiu dançando da Donna Karan, segurando um monte de sacolas de compras da Searle e Prada.

Depois de mais algumas quadras, eles viraram numa rua cheia de árvores e pararam em frente a uma casa vitoriana de cinco andares coberta de hera verde. De um lado, uma torre de tijolos destacava-se, fazendo a casa parecer um castelo. Havia uma pequena cerca de ferro na frente e uma lustrosa porta preta com uma grande meia-lua de vidro no alto.

— É aqui — disse Emma às garotas, estudando seus rostos.

— Caramba — suspirou Stella, encarando o grande prédio de tijolos.

— Stella, olha a língua — disse sua mãe gentilmente.

— Demais! — Lola gritou, empurrando a porta, com a casinha do gato na mão. — Olhe, Heath Bar! — Seus braços magrelos se esforçaram para levantar a bolsa de lona para o gato de dez quilos ver melhor. — É praticamente um castelo!

Heath Bar empurrou seu nariz rosa contra a grade de tela e miou.

— Essa é... nossa nova casa? — Stella perguntou, deslizando pelo banco macio e saindo. Ela adorava sua casa em

West London, um prédio bege de três andares com duas pilastras de cada lado da porta vermelha da frente. Mas isso era *demais*, uma casa digna de princesa — uma princesa recém-chegada ao Upper East Side.

— Mãe? — Stella olhou para o carro. Emma estava sentada com as mãos no colo, seu rosto um pouco pálido. — Mãe?

— Certo. — Emma disse, finalmente seguindo-as para a calçada. O motorista, um ruivo musculoso, andou até a traseira da limusine e abriu o porta-malas. Emma tocou com os dedos a corrente de platina em volta de seu pescoço e brincou com ela, nervosa. — Tenho que contar uma coisa a vocês.

Lola se virou e colocou a casinha na calçada. Heath Bar miou de novo.

— Vamos ter um andar para cada uma? — perguntou, com os olhos verdes arregalados.

— Não... — Emma respondeu lentamente, pousando as mãos na frente de seu jeans escuro A.P.C. — Foi difícil encontrar um lugar no verão, então pensei que podíamos tentar algo um pouco mais... *temporário*.

— Isso é o máximo, mãe, mesmo. — Stella se perguntou se tinha um jardim nos fundos com uma daquelas piscinas engraçadas onde pode se nadar eternamente e ficar sempre no mesmo lugar. Talvez morar aqui não seja tão ruim afinal.

O motorista pousou as quatro malas Louis Vuitton na calçada. Stella agarrou a alça de uma das menores, pronta para entrar pela porta.

— Stella... — Sua mãe pousou uma das mãos em seu ombro para detê-la. — Essa é a casa de Winston. Vamos ficar com ele por um tempo, aqui, com suas filhas.

— O quê? — Stella se virou.

Lola apertou as mãos sobre as bochechas sardentas.

— É um período de teste — continuou Emma. — Vamos levar um dia de cada vez e ver como todos nos damos. Assim podem começar na Ashton Prep segunda-feira com as meninas. — Stella apertou a mala com força, o couro grudando na sua pele. — Acho que vai gostar delas, Stella. São realmente adoráveis.

Stella olhou de volta para a casa, sua cabeça rodando. Havia uma pequena placa dourada em cima da caixa de correios gravada com o nome SLOANE. A caixa preta de metal estava cheia de cartas — cartas dos *Sloane*. Ela olhou pela janela da frente. O vestíbulo era todo de mármore branco, com uma escada imensa e uma cadeira de seda enfeitada em excesso que parecia ter sido roubada do palácio de Versalhes. Era o vestíbulo dos Sloane — a escada deles, a cadeira deles. Numa das janelas de cima uma garota espiava por trás da cortina.

A casa subitamente não parecia mais *tão* incrível.

Lola bateu palmas rapidamente em frente a seu rosto, do jeito que sempre fazia quando estava excitada. Era mais do que irritante, mas nesse momento os movimentos convulsivos de Lola eram os últimos dos problemas de Stella.

Um homem abriu a porta e desceu pelos degraus de pedra.

— Emma! — gritou. Ele tinha quase 50 anos, cabelo grisalho e um rosto esculpido e bronzeado. Usava uma camisa azul de botão e mocassins cor de vinho.

— Deve ser Stella — disse Winston, estendendo a mão.

Stella manteve seus braços firmes e esticados ao lado do corpo. Nem pensar. Nem pensar que ela iria cumprimentar com as mãos esse homem, muito menos morar em sua casa.

Ela se virou para entrar de volta na limusine, mas ela já estava saindo da calçada. *Ainda dá tempo,* pensou, enquanto o carro parava no sinal vermelho no final da quadra. Podia correr. O motorista a levaria até o Aeroporto JFK e ela pegaria o próximo avião de volta para Heathrow. Ela desfilaria através do portão de Millshire em seu vestido de alcinhas azul-marinho, escoltada por Pippa e Bridget, e elas teriam mais um ano fabuloso.

Mas então o sinal ficou verde e a limusine desapareceu virando a esquina.

Stella olhou para trás, para o rosto preocupado de sua mãe, para o nariz excessivamente-bronzeado-de-uma-temporada-nos-Hamptons de Winston, para os olhos verdes esbugalhados de Lola, e depois de volta para a casa dos Sloane. A garota tinha sumido da janela.

Ela largou sua mala Louis Vuitton, que caiu na calçada com uma pancada. Winston pegou sua mão mole nas dele e balançou-a para cima e para baixo por uns bons dez segundos, sorrindo como se fosse meio avoado.

Bem-vinda!

Espelho, espelho meu, quem neste mundo é mais bela do que eu?

Cate Sloane colocou seu cabelo castanho-escuro atrás das orelhas e se observou no espelho de corpo inteiro de moldura branca. Sua camisa azul-marinho Tory Burch de botões prata com logotipo perto da gola sussurrava *Mais Bem-Sucedida*.

Infelizmente, ela precisava era de algo que gritasse, *Cuidado: Cão Raivoso*.

Jogou um cardigã verde sobre os ombros, o que fez parecer que estava celebrando o dia de St. Patrick cinco meses atrasada. Não ficava bom. Nada mais estava bom. A qualquer momento ela estaria morando com as filhas de Emma — Stella e Lulu. *Lulu!* Ela já havia sofrido 12 de seus 14 anos com Andie — a convencida, desesperada Andie, tão baixinha que podia ser confundida com uma fugitiva da cidade dos anões de O *Mágico de Oz*. Não era suficiente?

Ela atravessou o quarto até a janela, tirando a roupa e jogando-a no chão. Sua colcha florida da Anthropologie estava dobrada três vezes na ponta da cama e todos os seis travesseiros estavam apoiados em dupla na cabeceira de ferro branca; o rolinho rosa ficava em frente e no meio. As revistas na sua mesinha de cabeceira da Shabby Chic estavam dispostas como num consultório médico, e as fotos emolduradas na parede atrás de sua cama estavam penduradas numa linha prefeita. Tudo era perfeito... exceto pelo fato de que sua casa estava prestes a ser invadida por inglesas perdedoras, malvestidas e com dentes ainda piores.

O iPhone de Cate apitou. Ela procurou dentro da bolsa Balenciaga preta e branca em cima de sua cadeira.

BLYTHE: MANDA MSG QDO IRMAS DO MAL CHEGAREM. QUERO SABER TD.

Pela primeira vez no dia, Cate sorriu. Blythe Finley era uma boa amiga, a melhor que já tivera. Era ela quem tinha trazido para Cate sorvete da Tasti D-Lite quando Cate tirou as amídalas; quem tinha indicado Cate para não uma, nem duas, mas três categorias da eleição no oitavo ano: Mais Estilosa, Melhor Cabelo e uma nova categoria, Mais Poderosa. E era Blythe quem havia sugerido que Cate fosse eleita presidente das Chi Beta Phis.

As Chi Beta Phis eram as garotas mais populares da Ashton Prep. Cate e Blythe, junto com sua melhor amiga Priya Singh, haviam fundado a "irmandade" há quatro anos, depois de Veena, irmã mais velha de Priya, ter contado a elas sobre as irmandades secretas de Yale. Elas haviam usado a inicial do nome de cada uma: Chi de Cate, Beta para Blythe, e Phi para Priya. Sophie Sachs era a mais nova integrante —

deixaram-na entrar no sexto ano, depois de ser transferida da Donalty para a Ashton Prep. Cate havia insistido para que elas não adicionassem uma quarta letra para Sophie, porque o nome da irmandade ficaria estranhamente longo, e Sigma era uma palavra meio feia, de qualquer maneira. Sophie, querendo se envolver, tinha inventado um aperto de mãos secreto complicado, que envolvia apertar a bunda da outra pessoa. Mas era tão bobo que pararam de fazê-lo depois de duas semanas.

O interfone soou e a voz de Winston encheu o quarto:

— Cate... — Ele disse numa voz grossa e mandona, como se fosse o pai de um seriado de TV deprimente qualquer. — Elas chegaram...

Cate se inclinou sobre sua mesa rosa-clara e olhou pela janela. Seu pai agia como se ela tivesse *pedido* uma nova família. Ela havia pedido a ele um monte de coisas — uma varanda privativa em seu quarto, um conversível BMW vermelho no aniversário de 16 anos, uma casa de verão em Nice — mas definitivamente nunca pediu uma nova família. No entanto ali estavam, em frente à sua casa, Emma e duas garotas loiras. Cate via apenas o topo de suas cabeças.

Ela tocou o anel de safira em seu dedo e esfregou a pedra achatada com a ponta do polegar. Em momentos como esse, sentia mais falta de sua mãe. Desde que ela morreu, Cate tentava usar a cada dia algo diferente dela para sentir que sua mãe estava lá. Sim, já tinham se passado seis anos, mas ainda parecia recente demais. Como se alguém tivesse acelerado sua vida.

O interfone soou de novo.

— Cate...? — A voz de seu pai continuou.

Cate se levantou e apertou um botão no aparelho de plástico bege perto da porta.

— Estou indo — rosnou entre dentes cerrados. Winston não respondeu.

Ela entrou no seu closet e pegou uma roupa: jeans skinny escuros J Brand, sapatilhas pretas e uma regata de seda Nanette Lepore com estampa de onça. Ela passou um brinco de ouro em formato de folha por cada orelha e respirou fundo. Quem quer que fossem essas garotas, e por pior que fosse a higiene dental das duas, moraria com elas agora. Sua estratégia seria o que ela fazia de melhor: ser superior — não importa como.

Quando chegou na larga escada de mogno seu coração acelerou; desceu alguns degraus e olhou por cima do corrimão. Emma estava parada perto do closet da entrada, segurando a mão de Winston e sorrindo rigidamente, como a Srta. Elsa Kelley, a pedante professora de ciências de Cate, sorria logo após clarear os dentes. A luz da tarde inundava pela janela de meia-lua acima da porta, fazendo o vestíbulo de mármore branco parecer claro e alegre demais.

Cate deslizou escada abaixo, mantendo a cabeça erguida. Em sua camisa com estampa de onça ela se sentia como um animal selvagem inspecionando o território. *Essa é minha casa*, pensou, jogando os ombros para trás. *Meu território*. Ela parou no último degrau, ficando alguns centímetros mais alta do que todo mundo. As duas garotas loiras estavam paradas na frente de Winston e Emma, em frente a uma prateleira de mogno. Quatro malas Louis Vuitton estavam enfileiradas ao lado delas.

— Oi! — Emma disse alto, largando a mão de Winston e abraçando Cate com força — um pouco forte demais para alguém que a viu apenas algumas vezes antes. Emma esteve por ali o verão inteiro, o que significava que Cate passou o verão evitando-a.

Quando Emma finalmente a soltou, Winston acenou a cabeça em direção às duas garotas e depois para Cate.

— Essa é minha Cate — disse com orgulho.

A mais nova, uma garota desengonçada com cabelo loiro que parecia lavado com água de piscina, deu um passo à frente. Ela segurava uma bolsa Burberry com algum tipo de... *criatura*. Cate franziu o nariz. Ela *odiava* animais.

— Cate — Emma disse suavemente, apertando as mãos — essa é Lola.

Certo, Lola. Cate encarou a garota. Lola, que não era um nome tão melhor que Lulu, era alta, ossuda e desajeitada. Ela parecia uma girafa agonizante. Uma girafa agonizante usando jeans afunilados que eram dois centímetros curtos demais. O estômago de Cate se revirou. A última coisa de que precisava era mais uma irmã para evitar em público.

— Oi — disse Cate sem rodeios, cruzando os braços. Ela passou os olhos pela silhueta magra da garota e parou em seus tornozelos nus por alguns segundos a mais.

— Stella, meu amor — disse Emma. — Venha aqui.

Stella atravessou o vestíbulo até a escada e parou ao lado de Winston. Ele coçava o pescoço, esperando o que aconteceria em seguida.

Cate franziu os lábios e friamente examinou a menina da cabeça aos pés. Stella tinha largos cachos loiros até os ombros e imensos olhos da cor de azeitona. Ela usava um vestido sem mangas Diane Von Furstenberg com costura preta em volta da gola. Pendurada em seu ombro estava uma bolsa cinza Mercer East/West Marc Jacobs — exatamente a que Cate vira na Bergdorf semana passada.

As meninas ficaram em silêncio por um momento. Winston tossiu alto e olhou para Emma, que ainda apertava as mãos, os lábios juntos numa linha reta. Então Cate desceu do último degrau, seus pés mal fazendo barulho no mármore. Ela olhou Stella bem nos olhos e sorriu devagar.

— Oi — disse gentilmente.

Se sua roupa indicava alguma coisa, era que Stella era... normal. Alguém com quem Cate *podia* ser vista em público. Ela conseguia até imaginar as duas andando juntas pelos corredores da Ashton Prep. Fazendo compras juntas no Soho. Relaxando em Sheep Meadow, conversando sobre a coleção de primavera do Marc Jacobs.

Stella se aproximou e tocou a grossa alça da blusa de seda de Cate.

— Adorei sua blusa. — Stella cantarolou num sotaque britânico. — Nanette Lepore é demais. E esses brincos... São ótimos.

Os lábios de Cate se curvaram num sorriso:

— Adorei sua bolsa! — Cate não podia esconder o entusiasmo. — É incrível. — Ela gentilmente tocou o couro cor de cimento.

— Minha mãe conseguiu para mim. Foi um presente de um de seus clientes. — Stella olhou para a bolsa e deu de ombros.

Cate encarou Emma, incrédula. Brindes? De clientes? Ela nunca havia pensado nisso. Talvez ela pudesse perdoar Emma por namorar seu pai, por se mudar para Nova York, por Lola, ou Lulu, ou qualquer-que-seja-seu-nome, com seu cabelo desgrenhado e jeans feio pescando siri. Se isso significava um estoque ilimitado de bolsas de grife, sim, ela definitivamente podia perdoá-la.

Winston se virou e beijou Emma na testa. Ele passou um braço em volta de seus ombros.

— Lindos sapatos. — Cate apontou para as sandálias salto plataforma de Stella. — São da Juicy?

Stella acenou que sim e tirou o sapato direito de seu pé. Ela o empurrou para a frente com seus pequenos dedos, que estavam pintados estilo francesinha. Cate cuidadosamente tirou de seu pé a sapatilha preta e o colocou na sandália.

Cate prendeu a respiração. Stella prendeu a dela. Assim como na história de Cinderela, tudo dependia do tamanho do sapato.

Cate empurrou seu dedão para a frente e gentilmente desceu o calcanhar. Era perfeito. Ela segurou uma das mãos de Stella e se balançou para cima e para baixo sobre o peito dos pés imaginando seu guarda-roupa dobrando de tamanho.

— Coube! — Cate gritou, e Stella soltou uma gargalhada, revelando suas covinhas.

Stella experimentou a sapatilha de Cate e esticou o pé, admirando o resultado.

— Perfeito! — exclamou.

Você é perfeita! Cate quase chorou, mal conseguindo conter sua excitação. Uma coisa em que sempre pensou virava realidade. Se existisse uma loja on-line para comprar irmãs postiças, Cate não poderia ter escolhido uma melhor para si.

Um pedido a uma estrela...
Uma estrela bem famosa

Andie Sloane, de 12 anos de idade, andou pela Quinta Avenida passando pelo Museu Metropolitan, suas chuteiras batendo na calçada de concreto. Os degraus de pedra do museu estavam cobertos por turistas devorando cachorros-quentes de trinta centímetros, discutindo por cima de seus guias de turismo e deleitando-se ao sol da tarde do fim de agosto. Uma multidão estava reunida em volta do longo e estreito chafariz na frente do museu, olhando horrorizada enquanto um artista de rua performático usando boina engolia um conjunto inteiro de facas Henckels.

Andie parou na esquina da rua 82 e examinou seu reflexo nas portas espelhadas do Excelsior, um prédio que parecia um caramelo gigante. Ela fez biquinho e colocou uma das mãos no quadril, fazendo uma rápida pose. Claro, usando seu uniforme de futebol ela parecia mais Nike do que Nicole Miller, mas ainda tinha jeito pra coisa.

— Garotinha, já avisei que essas portas são espelhadas apenas por fora. — Um porteiro enfiado num uniforme verde tamanho PP disse, saindo do prédio. — Está dando um show para todos no lobby de novo.

Andie riu e continuou descendo a rua. A partir das cinco da tarde de hoje, estaria dividindo sua casa com a supermodelo Emma Childs. Tinha que se preparar.

O sonho de Andie era ser modelo de alta costura. Ela assistia a *America's Next Top Model* religiosamente e anotava o que os jurados diziam. Toda noite praticava suas poses no espelho de corpo inteiro da porta de seu armário: sabia posar para editoriais, sabia poses arrojadas. Ela se empenhava para ser criativa e pensar em poses não convencionais.

Ela não podia mais ler a *Teen Vogue* sem jogar a revista longe, irritada. Era tão boa quanto qualquer uma daquelas modelos. E daí se tinha apenas um metro e cinquenta centímetros de altura (tudo bem... um metro e quarenta e nove centímetros e meio)? Por isso idolatrava Kate Moss: ela não tinha um metro e oitenta e mesmo assim era uma das modelos mais famosas do planeta. Andie sempre se perguntava, OQKF (O Quê Kate Faria)?

Mas agora podia se perguntar, OQEF (O Quê Emma Faria)? E então poderia perguntar ela mesma a Emma.

Ou às suas filhas.

Andie parou na frente da casa de tijolos de cinco andares da família e sorriu, imaginando-se deitada no jardim com as filhas fashionistas de Emma. As duas mini-Emmas diriam a ela qual tom de bronzeado fica melhor em fotos e a ajudariam a escolher qual roupa usar numa reunião com agentes. Finalmente, uma vez na vida, não teria que passar suas noites de sexta-feira assistindo à TV sozinha, ouvindo as risadas das Chi Beta Phis durante as noites de karaokê no andar de cima. Ela teria duas novas irmãs, duas chances de recomeçar com garotas que não a veriam apenas com uma imitona irritante e grudenta.

Nem sempre foi assim entre ela e Cate. As duas costumavam ser próximas quando eram pequenas. Elas se fantasiavam com as roupas de sua mãe e brincavam de passarela, e Cate dava notas para os modelitos bobos de Andie. Andie estava sempre tentando fazer Cate rir pra tirar nota dez. Mas quando a mãe delas morreu, Cate começou a andar cada vez mais com as Chi Beta Phis. Andie tentou fazer parte do grupo de Cate, para ser alguém que Cate gostasse não só como irmã, mas também como amiga. Ela usava em segredo a maquiagem MAC da irmã e roubava suas revistas *Lucky*, comprando tudo marcado com um círculo ou um *sim*. Nenhuma vez na vida fez planos para as noites de reunião das Chi Beta Phis, na esperança de que elas a vissem na sala de estar assistindo *The Hills*, e se sentassem no sofá ao seu lado. Mas nunca aconteceu. Cate teria preferido comprar no Kmart durante um ano inteiro a deixar Andie andar com ela e suas amigas. Em vez disso, fazia graça dela, chamando-a de C.C. — Cópia de Cate. Com as Chi Beta Phis, Cate tinha três irmãs. Aparentemente não precisava de mais uma.

Andie se resignava em viver à sombra de Cate — ela havia até aperfeiçoado a arte de fingir que isso não a incomodava. Mas então um dia, quando ela e Cate estavam tomando sorvete nas escadas do Met, uma mulher usando terninho se aproximou e perguntou à Andie se ela algum dia havia pensado em ser modelo. Não perguntou à Cate — mas sim *à Andie*. Depois que a mulher foi embora, entregando a Andie seu cartão, Cate desdenhou rindo. Era só um esquema para enrolar meninas ingênuas, disse. Faziam você pagar pelas fotos profissionais e roubavam todo o seu dinheiro. Andie? *Modelo*?

Mas se havia algo que Andie odiava, era que dissessem a ela o que podia e o que não podia fazer. Ela então soube ali mesmo que ser modelo era seu destino. Esqueça ser igual à Cate. Ela seria *melhor* do que Cate.

Andie abriu a porta da frente. O candelabro de cristal no vestíbulo tilintou. Na cozinha alguém riu. *Emma*. Andie olhou seu relógio — eram 16h45, o que significava que estavam adiantadas e ela estava um desastre, suada e suja de lama. Andie não podia conhecer as filhas de Emma parecendo a campeã de motocross de Nevada.

Ela colocou suavemente a mochila do futebol perto da porta, tirou suas chuteiras cobertas de sujeira e se esgueirou pela escada de mármore, tentando subir para tomar banho sem que ninguém percebesse que havia chegado em casa.

— Olhe quem está aqui! — Cate se esticou para fora da porta arredondada da cozinha. — Não está linda? — Ela sorriu provocativa para o uniforme de futebol manchado de Andie.

— Cate... não. — Andie sussurrou, apontando para seus joelhos sujos e para as manchas de suor embaixo do braço na sua camiseta cinza. Ela tinha a roupa perfeita separada em sua cadeira lá em cima, era só pegar e vestir.

Emma saiu detrás de Cate e abriu seu famoso sorriso capa-da-*Vogue*:

— Andie!

Ela alisou a franja de Andie para longe de sua testa suada e deu um beijo em cada bochecha. Mesmo que a essa altura já tivesse encontrado Emma mais do que algumas vezes, ainda não havia se recuperado do choque de que *Emma Childs* era namorada de seu pai — que *Emma Childs* estivesse contente em vê-la. Se era preciso um sinal de que ser modelo era seu destino, era este: seu pai ter conhecido Emma Childs.

— Venha, quero que conheça alguém.

Andie seguiu Emma com relutância, seus dedos puxando os reflexos loiros de sua franja. Seu pai havia dito que ainda era muito nova para pintar o cabelo, então ela mergulhou uma mecha na água oxigenada antes de irem para o Havaí neste verão e culpou o sol.

— Andie Sloane — Emma disse gentilmente — esta é milha filha mais velha, Stella Childs. Vai conhecer Lola em um segundo, ela deu um pulinho no toalete.

Andie olhou através de seu pai para a bancada central. Stella — a loira, cheia de cachos, alta, Stella, vestida em Diane Von Furstenberg — estava apoiada na bancada de granito, jogando uvas verdes em sua boca. A mesma Stella Childs sobre quem Andie lera um artigo na *Allure* ano passado, a mesma que disse estar pensando em criar sua própria grife de roupas, e que mencionou que Paulina Porizkova era como uma tia para ela.

— Vamos deixá-las se conhecendo. — Winston disse com um sorriso conspiratório, como se não fosse óbvio o suficiente que ele achasse que o mero ato de sair da sala fosse criar uma espécie de bolha do amor em volta das garotas. Ele e Emma foram para a sala de estar e sentaram-se à mesa redonda de cerejeira. Winston abriu duas pastas azuis com o brasão da Ashton Prep na capa e começou a mexer na papelada.

— Oi, Stella. — Andie jogou os ombros para trás para tentar parecer mais alta e estendeu uma das mãos.

Stella abaixou os olhos para Andie e sorriu de leve.

— Oi, C.C. Cate me contou *tudo* sobre você. — Ela mal tocou a mão de Andie enquanto a apertava, seus olhos pousando sobre o furo bem no dedão da meia direita de Andie.

Andie sentiu o sangue subir ao rosto. Cate havia contado a Stella *tudo sobre ela*? Ela sabia o que isso significava. Que era uma perdedora. Uma imitona. Que uma vez Cate havia aconselhado Andie a comprar polainas de todas as cores, jurando que essa moda dos anos 1980 ia voltar — e ela comprou.

Cate voltou seus olhos para Stella e continuou, como se Andie não estivesse ali:

— A saia é obrigatória, mas não são tão rígidos em como você a usa. Geralmente dobro a minha pelo menos umas três vezes — eles mandam usar no joelho, mas Catherine McCafferty é a única que usa assim, e ela também usa tênis *Reebok brancos*. — As duas garotas riram, suas gargalhadas cintilando como prataria batendo num cristal.

Andie analisou Stella, procurando algum sinal de que ela ainda tivesse alguma chance de ser sua amiga. Mas o rosto de Stella estava franzido de tanta concentração, como se estivesse criando um arquivo mental de cada palavra que Cate dizia. O estômago de Andie se dobrou como um origami de papel. Esqueça se bronzear com suas novas irmãs no jardim — ela teria sorte se Stella não transformasse seu quarto num closet. Andie ficou congelada, agarrando a bancada fria de granito.

— Bem, West London é bárbaro —, Stella disse a Cate, mexendo em um de seus cachos loiros.

— É lá que mora o Jude Law? — Cate apoiou os cotovelos na bancada, fascinada.

— Não, não, ele mora em Primrose. Mas eu via Kylie Minogue dia sim, dia não. Minha mãe tem que nos levar na próxima viagem de volta. Tem até uma rua chamada *Sloane*. Não é perfeito? Tem todas as lojas que você ia amar — Gucci, Tiffany, Chloé, Louis Vuitton.

Cate deu um gritinho agudo e segurou a mão delicada e bem-feita de Stella:

— Quero ir *agora*!

— Quero ir também — murmurou Andie, mas Cate e Stella a ignoraram, como se ela fosse tão insignificante, que só era visível para pessoas usando lentes de aumento.

— Ai! — uma voz atrás dela exclamou.

Andie se virou para ver uma garota esfregando o ombro com uma das mãos, encarando a porta como se *a porta* tivesse acabado de bater *nela*. Tinha cabelo loiro-escuro ondulado, e seu rosto pálido era coberto de sardas. Era alta — quase trinta centímetros mais alta que Andie — e ossuda. Seus ombros eram caídos para a frente, como se ela morasse na torre de sinos de uma igreja. Pior ainda, segurava um gato malhado laranja de dez quilos, que lambia o que Andie esperava ser comida em sua camisa coberta de pelos.

Stella e Cate olharam a garota e reviraram os olhos, retirando-se rapidamente até o jardim, como se ela estivesse contaminada.

— Sou Lola. — A garota alta suspirou. — E esse é meu bebê, Heathy. — Ela cantarolou o nome *Heathy*, ninando para frente e para trás o gato gigante em seus braços.

Andie olhou enquanto Lola beijava *Heathy* no topo da cabeça quatro vezes. Ela tentou sorrir, mas seu rosto parecia duro, como se tivesse esquecido uma máscara facial da Bliss secando durante três dias. Claramente, Lola e ela não estariam comprando juntas na Barneys em breve, ou almoçando com as amigas modelos de Lola. Lola estava mais pra tia solteirona cheia de gatos do que pra gata.

— Sou Andie. — Ela murmurou, olhando ansiosamente pela janela para Cate e Stella, que haviam se deitado na espreguiçadeira lá fora.

Lola mordeu o lábio inferior e seguiu o olhar de Andie.

— Acho que você acabou encalhada com a irmã nerd — disse, rindo nervosa.

Andie soltou uma risadinha, mas não conseguia deixar de imaginar Cate e Stella jogando Rock Band juntas na sala, fechando as portas quando ela passasse. Ela as via no telhado em biquínis iguais com estampa de bandana, expulsando-a lá de cima para poderem tomar sol. Ela as via fazendo ioga juntas no jardim, ou almoçando juntas no terraço. Ela se via... com Lola... tricotando um pijama listrado para Heathy.

Ela observou enquanto Lola puxava um punhado de pelo de gato de suas mangas, que caía devagar até o chão. *É*, ela pensou, *acho que estou acabada*.

— Andie, se importaria em mostrar a casa à Lola? — Emma perguntou, reaparecendo na porta da cozinha. Ela olhou para as duas garotas com esperança. — Talvez possa mostrar-lhe onde é seu quarto?

Andie sorriu amarelo enquanto Lola batia as mãos rapidamente em frente a seu rosto, como se estivesse sofrendo de severos espasmos musculares.

— Seria tudo! — Lola exclamou. — Até agora só conheci o banheiro! — Ela riu de sua própria piada não-tão-engraçada.

Claro que me importaria, Andie pensou. Mas ela não estava prestes a dizer a Emma Childs, o novo rosto da Ralph Lauren, que só faltava um óculos fundo de garrafa para sua filha ser Rainha das Nerds.

— Parece... *ótimo*. — Andie deu a Emma um sinal afirmativo sem graça com o dedão.

Ela foi até o vestíbulo e subiu pela escada de mogno. Lola foi atrás como um cachorrinho hiperativo.

O diabo veste Burberry

—Esta é a sala de jantar. — Andie disse do topo da escada.

Lola apertou Heath Bar contra o peito e encarou a longa mesa de madeira. No centro dela havia um vaso de cristal transbordando de peônias brancas.

— Apenas tenha cuidado, são do século dezoito. — Andie disse, olhando de Heath Bar para as cadeiras de madeira antigas, todas forradas de tecido vermelho estampado. — A casa era do meu avô, e meu pai manteve várias de suas antiguidades.

Lola deu um passo para trás, tentando manter a distância de um braço entre ela e qualquer coisa que fosse insubstituível. Tinha um hábito de quebrar coisas, motivo pelo qual sua mãe adorara a fase decoração estilo *mod* que assolou Londres alguns anos antes — vários móveis de plástico e indestrutíveis.

Lola olhou o espelho dourado na parede, certificando-se que seu cabelo ondulado e grosso cobria o topo de suas orelhas de Dumbo, como Stella as havia apelidado. Ela não precisava que Stella ficasse lembrando-a de que era um desastre total, é claro. Tinha bastante noção desse fato. Mas agora, parecia que Cate seria mais uma para lembrá-la disso.

Lola olhou para o cabelo oleoso de Andie, um pouco aliviada. Pelo menos ela não parecia alguém que pira por causa de um novo par de Christian Lou-bou-sei-lá.

— Seremos boas amigas, simplesmente sinto isso. — Lola sussurrou sem fôlego enquanto subiam outra escada de madeira. — Stella e eu somos completamente opostas.

— Reparei. — Andie respondeu enquanto chegavam ao quarto andar. — E este... — continuou, abrindo uma porta — é seu quarto. — O quarto verde-água tinha uma cama de casal coberta com uma colcha listrada, uma cômoda estreita e branca, uma estante de livros vazia, uma poltrona verde-água e paredes totalmente nuas. Cinco caixas de papelão estavam enfileiradas em frente à janela, LIVROS DE LOLA rabiscado ao lado de cada uma.

Lola colocou Heath Bar no chão e ele pulou para a poltrona, enfiando as garras no braço dela.

— Heathy, não! — gritou, empurrando-o para fora.

— Meu quarto é por aqui — disse Andie, entrando no banheiro que ligava os quartos. — Vou me trocar.

Lola sentou-se em sua nova cama e puxou o gato gigante para seus braços, sua barriga balançando como um saco plástico cheio de gelatina. Ela olhou o quarto procurando por seu Kitty Castle, um arranhador de três andares que comprara para Heath em seu primeiro aniversário. Não estava lá.

Mas pelo menos ela estava ao lado de Andie. Talvez Andie a ajudasse a desempacotar seus livros, e então iriam ao

Central Park, onde comeriam um daqueles Pretzels gigantes que todos nos filmes parecem comer quando estão em Nova York. Talvez formassem uma banda juntas — Lola tocava viola — e ficariam sentadas afinando seus instrumentos e rindo da gravata idiota do maestro.

Todas essas possibilidades passeavam pela cabeça de Lola quando a porta do banheiro se abriu. De lá saiu Andie, usando o mesmo vestido azul e pink que Stella tinha usado em seu aniversário de 14 anos. Seus pequenos pés com unhas feitas mexiam-se em plataformas que traziam à tona o medo de altura de Lola. Seu cabelo estava penteado para trás num coque apertado. Com a exceção de uma pequena sarda perto de sua boca, ela parecia quase idêntica à Cate.

Elas estão se multiplicando, foi só o que Lola conseguiu pensar.

Lola olhou com cautela em volta do quarto, com medo de que mais alguma robô obcecada por grifes usando Marc Jacobs emergisse de seu closet, pronta para fazer uma chapinha em seu cabelo e atear fogo em seu guarda-roupa cheio de peças da Gap. Ela observou enquanto Andie encarava seu reflexo no espelho do banheiro.

— O quê? — Andie perguntou, notando o olhar de Lola. — Passei sombra demais? A vendedora da Sephora me disse que sombra dourada era a última moda.

— Não... — Lola murmurou. — Está... bonita.

Com seus grandes olhos castanho-claros e um pequenino nariz de botão, Andie devia estar numa edição da *CosmoGIRL!*, não tocando "Canon em Ré de Pachelbel" em alguma orquestra idiota.

Lola abraçou Heath Bar tão forte contra seu peito que ele soltou um miado alto.

— Então, pode guardar suas coisas nessas duas gavetas — Andie disse, apontando para o armário embaixo da pia. — E pode pegar meu secador de cabelos emprestado sem problemas. — Andie se encostou na porta, observando o cabelo de Lola.

— Estava pensando — Lola disse baixo, olhando o quarto vazio — gostaria de ir até o Times Square comigo?

Andie riu, mas parou subitamente quando percebeu que Lola falava sério.

— Lola — disse, pronunciando as palavras como se Lola estivesse no jardim de infância — aquele lugar é o pior lugar da cidade. Só os turistas vão. — O rosto de Andie estava franzido de nojo, como se Lola tivesse acabado de tirar uma meleca bem na sua frente.

Lola conhecia aquela expressão. Era a mesma que Cate tinha feito para ela no vestíbulo. A mesma que Stella fazia cada vez que ela passava pelos corredores da Sherwood Academy. A expressão que dizia, *Hum... não, obrigada.*

— Só pensei que... — Lola gaguejou. Ela sentiu a comida do avião revirando-se no estômago.

— Além disso — interrompeu Andie —, tenho que... arrumar meu quarto.

E com isso, desapareceu pelo banheiro e foi embora.

Lola colocou Heath Bar no chão e puxou suas pernas longas em direção ao peito. Nova York ia ser igualzinho a Londres, onde ela nunca tinha as roupas certas, ou o cabelo certo. Mas ao menos em Londres tinha sua melhor amiga, Abby. Elas sentavam no fundo da sala de matemática e riam do braço gordo do Sr. Porter, que balançava para frente e para trás enquanto escrevia no quadro.

Lola tirou o laptop de sua mala e entrou no MSN. Ela olhou seus contatos, mas já passavam das 10 horas da noite em Londres. Abby não estava on-line.

Então seus olhos pousaram num apelido familiar: Striker15. Ela tinha, sim, *um* amigo em Nova York.

Kyle Lewis.

Ele foi seu vizinho em Londres por três anos quando seu pai ensinava em Oxford. Tinham ficado amigos deslizando pelas escadas do salão de Kyle em seus sacos de dormir, fazendo sopa de lama no Regent's Park, enchendo seus baldes de terra, galhos e tulipas. Ela não o via desde que tinha 10 anos de idade, há mais de dois anos, mas tinham começado a conversar on-line neste verão quando ela descobriu que ia se mudar. Ele havia lhe contado sobre Nova York: como devia se certificar de olhar para a esquerda e não para a direita antes de atravessar a rua, de como suas economias — todas as suas cento e sessenta libras — iam dobrar (*Vai ficar rica!!! $$$*, ele havia escrito). Kyle havia até prometido levá-la ao Museu de Cera Madame Tussaud se ela tivesse saudades de casa — disse que era tão estranho quanto o que havia em Londres.

LOLABEAN: CHEGUEI! NYC!
STRIKER15: E AÍ! COMO TÁ INDO!
LOLABEAN: INDO...

Ela pausou e passou os dedos pelo teclado. Até agora apenas duas das cinco pessoas com quem morava gostavam dela — e uma delas era sua mãe. Mas ele não precisava saber disso.

LOLABEAN: INDO BEM ATÉ AGORA. QUER ENCONTRAR DEPOIS DA ESCOLA SEGUNDA?
STRIKER15: CLARO, TE VEJO DEPOIS DO ENSAIO DA BANDA.

Lola riu, imaginando Kyle com o volumoso estojo de sua tuba. Era tão magro que sua mãe havia comprado um carrinho com rodinhas para ele carregá-la.

Se Lola não era descolada, então Kyle era um supernerd. Ele usava óculos de lentes grossas, tinha um cabelo desarrumado igual ao Harry Potter, um corpo magrelo e dentes tortos. No quarto ano ele memorizou todas as constelações e fez Lola ficar sentada com ele no parque durante uma hora enquanto achava cada uma delas no céu escuro.

Lola deu um suspiro de alívio. Ela e Kyle sairiam na segunda-feira e conversariam sobre as saudades de biscoitos natalinos e barras de chocolate Cadbury. Ele mostraria a ela a Times Square, *mesmo se fosse* o pior lugar da cidade. E arrastariam aquela tuba boba juntos, não dando a mínima se eram descolados ou não.

Lola mal podia esperar.

A princesa e a ervilha

Sábado à tarde, Stella e Cate passeavam pela Madison, seus braços estavam carregados de sacolas de compras. Cate tinha levado Stella a uma liquidação no Hotel Peninsula e escolheu um vestido para ela, insistindo que combinaria perfeitamente com o tom de pele de Stella. Havia apenas três pessoas em quem Stella confiava para conselhos de moda: Bridget, Pippa e sua mãe. Mas olhando para seu vestido tomara-que-caia azul-turquesa Vivienne Tam dobrado dentro de sua sacola, ela sabia que podia adicionar Cate a essa lista.

— É realmente um vestido lindo. — Stella observou.

— Eu te disse! — Cate cantarolou, balançando sua bolsa Hermés no ar.

Depois da liquidação, Cate e Stella visitaram todas as lojas favoritas de Stella: Dolce & Gabbana, Donna Karan e Coach. Depois, as duas almoçaram no La Goulue. Stella queria odiar Nova York, queria mesmo, mas era quase impossível quando Cate Sloane, conhecedora da melhor comida e moda, era sua guia turística particular.

Cate apertou o braço de Stella:

— É tão Zac-Posen-visita-Beijing — adicionou, aprovando.

Um grupo de garotas do sétimo ano passou voando em seus patinetes. Uma garota usando uma camiseta da Ashton Prep encarou Cate insistentemente, quase batendo num Audi estacionado.

Stella jogou os cachos loiros para trás dos ombros, adorando a atenção. Ela mal podia esperar para entrar em sua nova escola de braços dados com Cate. Elas passariam toda a aula de inglês desenhando Jane Eyre usando vestidos Temperley. Planejariam seu trajeto de compras na cafeteria comendo saladas Waldorf. E, acima de tudo, dominariam o primeiro ano. Elas não seriam apenas a melhor dupla de BFFs que Ashton Prep já tivera, porque seriam mais do que isso. Eram praticamente irmãs. O que poderia ser melhor?

Elas viraram na rua 82, o ar úmido de agosto fazendo com que a cidade parecesse uma enorme sauna. Cate entrou na casa com ar condicionado e correu escada acima.

— Então, o que vamos fazer hoje à noite? — Stella perguntou, seguindo Cate até seu quarto.

— Minhas amigas vêm dormir aqui. — Cate largou todas as suas sacolas de uma vez no chão. Hoje era a primeira reunião do ano escolar das Chi Beta Phis, e como presidente da irmandade e definitivamente a garota mais popular, Cate precisava abordar as questões mais urgentes: acessórios para o primeiro dia de aula, avaliação de seus horários e agendas, e estratégias para garantir que a mesa delas no almoço, perto da janela, continuasse exatamente assim — *delas*.

— Legal. Como elas são? — Stella a seguiu até o banheiro, parando na entrada.

— Bem — Cate disse orgulhosa, mexendo em sua bolsa de maquiagem Kate Spade — somos quatro. Blythe, Priya e eu somos amigas desde o quarto ano, Sophie desde o sétimo. Somos tipo... uma irmandade. Nosso nome é Chi Beta Phi, e temos regras. Não deixamos qualquer uma entrar. E estou basicamente no comando — continuou Cate, passando rímel Clinique em seus cílios já naturalmente longos e escuros. — Devemos votar para essa posição a cada novo ano escolar, mas fui eleita há três anos e ninguém nunca pediu uma nova eleição. É apenas natural que eu seja a presidente. Priya é muito engraçada mas relaxada demais, e Blythe é bonita e popular mas sempre precisa de alguém lhe dizendo o que fazer. E Sophie é apenas... Sophie tem 14 anos mas parece ter 10, ela é tão imatura. — Cate passou por Stella e saiu do banheiro. Ela puxou Randolph, seu ursinho de pelúcia, para seu colo. — Amo essas garotas, mas honestamente, estariam perdidas sem mim.

— Então o que significa estar "no comando"? — Stella franziu as sobrancelhas.

Cate olhou para o rosto curioso de Stella e sorriu, ela adorava uma audiência em êxtase.

— Bem, sou anfitriã da primeira reunião do ano, que é sempre a mais importante; quando botamos o papo em dia e fazemos planos para setembro. Também decido aonde vamos e o que faremos, digo quem está por cima e quem está por baixo, e sei dos segredos de todo mundo. — Cate explicou convencida, acariciando as orelhas de Randolph. — Não é uma regra oficial nem nada, mas parece que todos vêm até mim quando estão com problemas.

Ela deu de ombros relaxada, como se para dizer *ser caridosa e compreensiva é natural para mim.*

Stella olhou pela janela para a casa cinza do outro lado da rua, as cortinas estavam fechadas. Bridget e Pippa sempre queriam que ela decidisse onde iam almoçar e levavam seus conselhos sobre moda muito a sério, mas Stella não era "líder da irmandade" ou nada desse tipo. Ela apenas tinha bom gosto.

E não tinha medo de dividir.

A "irmandade" de Cate parecia um pouco como um culto. Ela as imaginou bebendo sangue de cabras e tatuando Chi Beta Phi nos braços umas das outras com uma caneta Bic.

— É muita pressão — continuou Cate, alisando seu lustroso cabelo castanho. — Mas são pequenos segredos. Como Blythe. Ela é seriamente viciada em bronzeamento artificial. Se existisse uma clínica para viciados em bronzeamento em spray, faria uma intervenção e a internaria lá. Ela desaparece por um fim de semana inteiro, e diz para Priya e Sophie que está em Cabo, e então vai se bronzear artificialmente por três dias seguidos. — Cate riu, as palavras transbordando de sua boca. — E Blythe usa um sutiã esportivo "Little Lady". Porque ela ainda não tem peitos.

Os olhos de Stella se arregalaram:

— Mentira! Nem Lola usa mais esses! — Ela irrompeu num acesso de riso.

— Eu sei. E Priya diz pra todo mundo que vai para um acampamento nos Adirondacks, mas seus pais têm mandado ela para um acampamento de ciências há três anos, onde ela ficou meio obcecada em dissecar as coisas. Sério, é melhor Lola ficar de olho no gato dela. — Cate parou, se perguntando se tinha falado demais. Mas para quem Stella ia contar? Para sua irmã perdedora? Além disso, ela adorava mesmo uma plateia extasiada. A cada vez que abria a boca, se imaginava num palco, enunciando suas falas para um teatro cheio de fãs apaixonados. Isso era melhor do que quando ela interpretou Nellie em *South Pacific*.

— O segredo de Sophie é o mais engraçado — continuou Cate. — Ela ainda brinca de Barbie.

— Mentira! — Stella engasgou.

Cate levantou sua mão como se estivesse prestando um juramento no tribunal.

— Ela tem uma coleção inteira delas; e as guarda embaixo da pia do banheiro. Ela diz que nunca brinca com as bonecas, mas toda vez que vou lá, estão com roupas diferentes. — Cate gargalhou, lembrando da última vez que tinha olhado embaixo da pia de Sophie. Uma Barbie estava com tranças e usava um maiô verde-neon.

Cate olhou para Stella, seus perfeitos cachos loiros balançavam quando ela jogava a cabeça para trás e gargalhava. Cate adorava as Chi Beta Phis, mas Stella era diferente. Stella nunca compraria Barbies ou cobriria uma falha no bronzeado artificial com um Band-Aid gigante. Era legal finalmente ter alguém... à altura.

O terraço de tábuas de madeira estava iluminado por tochas estilo polinésio. Cobertores de chenille estavam dobrados sobre o sofá acolchoado e as grandes espreguiçadeiras, e velas com aromas cítricos ficavam nas pequenas mesas de canto, fazendo o ar morno da noite ter cheiro de limonada. Havia vasilhas com a guloseima favorita de cada uma: Terra Chips para Priya, sanduíches de maçã e queijo brie para Blythe, e jujubas para Sophie. Cosmopolitans e Mojitos sem álcool estavam na mesinha de centro em taças de Martini de vidro com bolinhas rosa.

De bom gosto e elegante, mas sem parecer ter me esforçado demais, pensou Cate.

Ela havia esperado por esta noite o verão todo: a noite na qual ela escutaria a história toda de como Blythe conheceu Jake Gyllenhaal em Mykonos, a noite onde ela finalmente roubaria Priya de volta de sua amiguinha de acampamento — uma francesa qualquer chamada Audrey, que tinha tentado convencê-la a usar jeans desbotado — e a noite onde contaria a todas sobre Charlie, seu primeiro beijo. Eles haviam passado dois dias maravilhosos juntos na praia de Kapalua Bay em Maui, mergulhando e deitados perto dos coqueiros, bebendo Piñas Coladas sem álcool. Sophie ia ficar tão surpresa, que engasgaria com seu aparelho.

Cate deitou cinco sacos de dormir no chão do terraço, e se afastou para admirar sua obra. Quatro deles eram de um xadrez perfeito e rosa, com pontos lilás que combinavam com o sofá de Cate. O quinto era o velho saco de dormir dos acampamentos de Winston nos anos 1980, uma coisa imensa, preta e detonada com um capuz para completar. Cate estremeceu. Parecia que tinham convidado um cadáver para a reunião.

Cate tirou seu iPhone do bolso para mandar uma mensagem para Blythe.

CATE: TEM 1 SACO D DORMIR EXTRA PRA STELLA?

Seu telefone instantaneamente apitou com uma resposta.

BLYTHE: JÁ TÔ NA SUA PORTA. PQ??? STELLA VAI?

Cate franziu o rosto para a tela brilhante e preta do telefone. Desde que soube que as filhas de Emma iam se mudar para sua casa, não parava de reclamar com suas amigas sobre a injustiça. Não queria parecer uma esquizofrênica, subitamente puxando saco da nova irmã e convidando-a para sua reunião.

Então o interfone perto da porta tocou e a voz de Winston a chamou pelo quente ar noturno:

— Cate, suas amigas chegaram.

Stella andou até a porta de vidro, deslizando-a até abrir.

— Espera aqui. — Cate a freou. — *Eu* estou feliz por estar vindo à reunião, mas não sei como Priya, Sophie e Blythe vão reagir. Deixe-me avisá-las primeiro. — Ela sorriu com doçura, então passou pela porta e desceu pelas escadas para cumprimentar suas visitas.

Avisá-las? *OK*. Stella ignorou a estranheza e pegou um pedaço da cera amarela de uma das velas. Ela enrolou a cera numa bolinha e jogou do telhado. Num terraço do outro lado da rua, um homem de bermuda de seda azul fumava um charuto. Um alarme de carro disparava distante. Nova York, Stella se deu conta, tinha sua própria trilha sonora — até as ambulâncias tinham um som diferente do que as de Londres. Ia demorar um pouco até se acostumar com os cheiros, visuais e sons.

Neste momento, a porta de vidro se abriu e Cate surgiu, seguida por três garotas, cada uma segurando uma bolsa acolchoada Vera Bradley de tecido estampado.

Uma garota com cabelo loiro-escuro e olhos acinzentados parou quando viu Stella. Sua pele era tão bronzeada que parecia ter comido laranjas radioativas. Blythe. Stella focou em seus peitos, mas eram grandes demais para caberem num sutiã esportivo "Little Lady".

— Blythe — Cate disse— essa é Stella.

Stella se levantou e esticou uma das mãos, mas Blythe apenas apertou os lábios num sorriso convencido.

— Oi.

Ela largou a bolsa no chão e andou até o sofá, onde tirou suas sapatilhas amarelas. Stella olhou para as duas outras garotas, perguntando-se o que seria aquilo tudo.

Priya tinha pele morena-clara e cabelo liso e preto. Quando inclinava a cabeça, um pequeno brinco prata em seu nariz cintilava. Sophie era mais baixa e parecia mais nova. Seu nariz era meio queimado de sol e tinha cabelo castanho-claro que parecia ter sido alisado com um ferro industrial a cem graus.

— Essas são Priya e Sophie — disse Cate.

Pryia acenou com a cabeça e se juntou à Blythe no sofá, pegando um drinque sem álcool. Sophie e Cate se sentaram entre Priya e Blythe, pegando os últimos lugares.

Stella arrastou uma poltrona e se sentou na frente delas. Do outro lado, Sophie estava olhando fixa e descaradamente os peitos de Blythe, que pareciam prestes a pular pra fora de seu vestido Juicy Couture branco de alcinhas.

— O que tá pegando, Jessica Simpson? — Ela finalmente perguntou.

— Engraçadinha — sorriu Blythe, misteriosa. — Digamos apenas que a Grécia foi generosa comigo neste verão.

Cate olhou o peito de Blythe com suspeita.

— Becca Greenleaf apareceu com peitos verão passado, mas acabou que era só sutiã com enchimento da Victoria's Secret.

— E meu piercing no nariz? Ninguém nem reparou. — Pryia fez biquinho.

— Eu reparei — guinchou Sophie. — Comentei na porta!

— Eu notei também — acrescentou Stella, mas ainda assim nenhuma das meninas olhava para ela. Ela começava a suspeitar que as Chi Beta Phis estavam mais para Cretinas Bobas e Patéticas.

— Tenho novidades também — disse Cate, indo até a mesa onde estava seu MacBook Pro. Ela sorriu enquanto se sentava de volta com o laptop. Stella deu a volta para trás do sofá para olhar por cima de seu ombro.

Cate abriu o iPhoto e clicou em algumas fotos de suas férias no Havaí.

— Essas fotos são de Maui.

Ela clicou numa dela e de Andie ao lado de uma palmeira, com flores brancas atrás de suas orelhas. Andie estava rindo, e pela primeira vez Stella percebeu como ela era bonita. Tinha olhos castanhos grandes e redondos, e cílios escuros e fartos. Suas bochechas eram rosadas e seus traços pequenos e delicados, como de uma boneca de porcelana.

— E esse — murmurou Cate, parando numa foto dela ao lado de um garoto bronzeado, forte e com um sorriso de covinhas — é Charlie.

A foto tinha sido tirada no primeiro dia em que o conheceu, depois de voltarem de uma viagem em grupo para um mergulho no recife de Molokini. Ele havia sentado com ela no convés depois de ela ter arranhado seu tornozelo num pedaço do recife.

— Ai, meu Deus! — Sophie gritou, rastejando por cima de Priya para ver melhor.

— Ele é bem bonitinho — Priya acenou a cabeça para a foto, hipnotizada.

Stella se apoiou nas costas do sofá. O garoto usava uma camiseta branca e tinha uma franja castanho-clara que caía em seu rosto.

— Bem gato — concordou, sussurrando.

— Gato? — Sophie perguntou curiosa, virando-se.

— Ele é de Minnesota — continuou Cate, se esbaldando com a atenção. — Ele até chama refrigerante de "refri"! — Sua voz guinchou de excitação. Eles tinham trocado e-mails algumas vezes durante o verão e Cate havia sugerido Nova York como o próximo destino para a viagem de férias da família dele. A única coisa melhor do que contar às garotas sobre Charlie era apresentá-las a ele.

— Adorável — Blythe proclamou, enquanto Cate clicava em outra foto dela com Charlie sentados na prancha de surfe verde-limão que ele havia alugado da cabana na praia. Ela fechou o laptop e se sentou de pernas cruzadas.

— Nos beijamos! — gritou, as palavras fugindo de sua boca num disparo.

— Ai, meu Deus! — Sophie guinchou de novo, agarrando o braço de Cate.

Cate olhou sonhadora para o céu noturno estrelado.

— Foi depois do jantar — disse devagar, saboreando os olhares de inveja das amigas. — Estávamos sentados nas cadeiras ao lado da piscina e ele estava me contando sobre a neve em Minnesota e então... se inclinou e me beijou. Seus lábios eram tão macios, foi como beijar um travesseiro. — Cate tomou um gole de seu Cosmo falso e soltou um longo suspiro.

Priya caiu para trás nas almofadas e suspirou:

— Ai, que inveja.

Cate deu um sorriso falso.

— Vai acontecer um dia — disse condescendente, olhando para suas amigas. — Para todas vocês.

Stella puxou um cacho dourado e soltou uma risada.

— Que tipo de beijo foi?

— Como assim, "que tipo de beijo"? — Blythe perguntou, virando-se para trás do sofá.

Stella se endireitou e olhou para Priya e Sophie, que estavam observando-a. Ela deu de ombros:

— A primeira vez que peguei Miles Conway, no sétimo ano, quase engasguei com a língua dele. Ele ficava mexendo ela igual um louco, tipo assim. — Stella colocou a língua para fora o máximo que conseguia e girou-a em círculos.

— Eca! — Sophie gritou agudo.

— Pegou? — Pryia olhou para Cate como se ela pudesse traduzir.

— Desculpe, beijei — Stella explicou. — Inventei um nome diferente para cada beijo junto com minhas amigas Pippa e Bridget. Chamamos Miles de enguia elétrica, e esse garoto chamado Aiden que Pippa beijou, de parede.

— Bom, meu beijo com Charlie não foi nenhum desses tipos. — Cate falou alto, cruzando os braços.

— Espere, como é o "parede"? — Blythe perguntou. Sophie e Pryia haviam se virado também, seus olhos fixos em Stella.

Stella se endireitou:

— Ele apenas apertava seus lábios contra os dela e ficava parado ali, ele até deixava os olhos abertos!

As garotas riram, emitindo um coro de *eca!*

Cate rangeu os dentes. Era para esse ser o *seu* momento, na *sua* reunião, com *suas* amigas. Stella estava roubando a cena.

— E tem também o Grande Branco — sussurrou Stella, abrindo e fechando as mandíbulas duas vezes. — Só dente.

— Ai — Priya recuou, rindo.

— Gosto quando o garoto abre a boca só um pouquinho — Stella continuou, passando as mãos nas costas do sofá. — É muito bom.

Blythe, Priya e Sophie estavam todas viradas, sentadas eretas como se Stella fosse a Sargenta Pegação, chamando a atenção delas.

— E também tem...

— Foi só um beijo. — Cate interrompeu. — Podemos parar por aí?

— Hum... OK — disse Stella, um pouco surpresa. Ela deu de ombros e voltou à cadeira. Cate estava olhando irritada para ela, sua boca torta como se tivesse acabado de comer um saco inteiro de balas azedinhas.

— Lindo vestido. — Blythe disse, inclinando-se para Stella e pegando na barra da saia. Seu rosto brilhava na luz suave das tochas.

— Minha mãe ganhou de um cliente. — Stella passou o polegar pelo decote do vestido frente única Betsey Johnson azul, satisfeita. Na última hora tinha escolhido esse em vez do novo vestido Vivienne Tam; queria usar um de seus favoritos.

— Como é ter uma mãe modelo? — Sophie perguntou, obviamente impressionada.

— Não tinha me dito que Emma era *Emma Childs*! — Pryia cutucou Cate. — Tive que descobrir pela Blythe.

Cate sorriu sem graça.

— Ela é apenas uma mãe normal, eu acho. — Stella deu de ombros. — É mais estranho com meu pai, ele é um duque.

Em seu país, todos eram obcecados por seus pais, eles não podiam ir a lugar algum sem uma horda de paparazzi. Agora que estavam em Nova York, ela meio que sentia falta da atenção.

— Espera, então você é tipo uma princesa? — Sophie perguntou, seus olhos escuros brilhando. Ela jogou um cobertor por cima de suas pernas nuas. Na rua lá embaixo, um motorista tocou a buzina.

— Nem perto — interrompeu Cate, revirando os olhos. — Ele é um *duque*. Ela teria que casar com um *príncipe* para ser princesa. — Stella parecia magoada, mas Cate não ligava. Elas iam se fantasiar de princesas da Disney para o Halloween desse ano e Cate não precisava de nenhuma competição para sua Cinderela. Stella poderia ser Jasmine, tudo bem, mas já tinham uma abelha rainha suficiente: ela.

— Ela ainda assim é *tipo* da realeza. — Sophie disse numa voz baixa, dando a Stella um pequeno sorriso.

Cate olhou irritada para ela. Sophie era boazinha *demais*. Quando Cate colocou Paige Mortimer na lista negra por chamá-la de metida, Sophie tinha sido a primeira a ceder, acenando para Paige na Educação Física.

Sophie tirou seu aparelho, apoiou-o na mesa e encheu uma mão de jujubas, ignorando o olhar de eca-isso-foi-realmente-necessário? de Priya.

— Então, por que se mudaram? — Blythe perguntou a Stella.

Stella deu de ombros.

— Londres estava tão chata. Nova York é mesmo "O" lugar para se morar hoje em dia. — Ela olhou para a silhueta da cidade iluminada e sorriu. — E mamãe e Winston, e tudo o mais.

— Há quanto tempo seus pais estão divorciados? — Blythe insistiu.

— Não muito. — Foi tudo que Stella disse. Ela não estava prestes a contar a quatro estranhas sobre o caso de seu pai. Até segunda-feira estaria no *Inside Edition*.

— Os meus se divorciaram há três anos — Blythe suspirou, bebendo um mojito sem álcool. — Meu pai diz que não chega nem perto de minha mãe se ela não estiver usando uma camisa de força.

— Parece que alguém precisa se tratar — Stella riu. — Bem, meu pai é brilhante. Mesmo. Ele ainda ama minha mãe; são grandes amigos ainda. — Stella queria que fosse verdade, mas a última vez em que seus pais estiveram sob o mesmo teto, foi para discutir sobre a guarda das filhas.

Blythe olhou para seu drinque.

Sophie concordou com a cabeça, distraída.

— Meus pais moraram em Londres por um ano quando eu era um bebê, então sou, tipo, parte britânica. Agora que está andando com a gente, pode me ensinar a língua. Como se diz...

— Não é outra língua, Sophie — interrompeu Cate. — Eles falam *inglês*. E, hum, *agora que está andando com a gente*?

Cate enfiou as unhas feitas na almofada no sofá. Se não fizesse algo logo, as Chi Beta Phis iam construir uma estátua para Stella Childs e começar a adorá-la ao nascer do sol.

Cate andou até o outro lado do terraço, onde os sacos de dormir ainda estavam estendidos. Ela pegou o saco de dormir de acampamento de Winston e o enrolou com vários movimentos rápidos de seu pulso.

— Esse saco de dormir realmente não *combina* — disse, parando seu olhar em Stella. Ela amarrou o saco com um nó apertado e jogou no colo de Stella. Seu mojito sem álcool derramou todo em cima de suas sandálias douradas Tory Burch.

— Seu TOC está atacando de novo? — Blythe riu, olhando Cate. — Não é grande coisa não combinarem, costumávamos usar o saco dos ursinhos carinhosos de Sophie antigamente.

Stella se levantou e sacudiu suas sandálias, o saco de dormir estava enfiado embaixo de um braço. Blythe estava errada — *era* grande coisa. Stella não entendia direito por que, mas Cate tinha ido de melhor amiga para megera mais rápido do que calças com pregas saíram da moda. Cate claramente não a queria lá, mas Stella não iria deixá-la ter a palavra final.

— Tá tudo bem. Vou ficar mais confortável no meu quarto mesmo — disse, sorrindo com falsidade para Cate. — Foi bom conhecer vocês.

Ela preferia entrar sozinha na Ashton Prep do que com um monte de psicopatas de uma pseudoirmandade. Afinal, nunca precisou se esforçar para ser amiga de ninguém. Se é que havia uma lista VIP permanente, Stella Childs estava sempre no topo.

E com isso, ela jogou o saco sobre os ombros e desfilou até as portas de vidro, sem se incomodar em olhar para trás.

PARA: Andie Sloane
DE: Cindy Ng
DATA: Domingo, 17h18
ASSUNTO: Voltei!

Acabei de voltar do Maine e mal posso esperar para ver você! E mal posso esperar para você *me* ver. Tirei o aparelho e clareei os dentes com um profissional. Estão, tipo, cegando. Sou praticamente uma supermodelo. ☺

Até parece! Mas aposto que você é. Sério, já virou a menina prodígio de Emma? A primeira supermodelo PP?

E como são as filhas dela? Aposto que estão pintando as unhas dos pés umas das outras e sendo fabulosas juntas agora mesmo. Invejinha.

Enfim, te vejo amanhã na escola!

Xoxoxoxoxoxo
Cinds

PARA: Cindy Ng
DE: Andie Sloane
DATA: Domingo, 18h24
ASSUNTO: RE: Voltei!

    Mal posso esperar para ver você também, e seu fabuloso sorriso novo. Não, ainda não sou a primeira supermodelo com menos de um metro e cinquenta. Tudo tem seu tempo, certo?
    Quanto à sua outra pergunta...
    Stella = Clone Malvado de Cate
    Lola = Perdedora Solteirona dos Gatos
    Cate = Mais Malvada do que Nunca
    Queria ser filha única.
    Estamos saindo para um jantar torturante em família. Ugh. Te vejo amanhã.

    —A

Infelizes para sempre

Sábado à noite, Cate olhava de canto de olho para Stella, enfiando com força o garfo num camarão. Desde a reunião, Stella estava agindo como uma princesa total: andando pela casa como se fosse dona dela, "acidentalmente" guardando suas roupas no armário do hall onde ficavam os sapatos de Cate, comendo os últimos ovos que a chef Greta tinha feito *especificamente* para Cate.

Além de tudo, essa manhã ela encontrou a criatura de Lulu usando seu sofá de veludo para afiar as unhas. Não podiam simplesmente construir uma casinha pra isso no quintal ou coisa parecida?

Do outro lado da mesa redonda, o braço de Winston estava em volta dos ombros de Emma. Cate respirou fundo, o cheiro forte de molho pesto fez seu nariz arder. Depois do jantar ela contaria a seu pai que Stella havia tentado roubar suas amigas. É claro que Cate não *queria* ter que fazer isso, mas alguém tinha que fazer com que seu pai soubesse que não podia simplesmente jogar quatro garotas juntas numa casa e esperar que as quatro se dessem bem.

Tinha sido apenas um fim de semana, mas já estava na hora das Childs irem embora há *muito* tempo. Com certeza a graça de namorar uma supermodelo ia acabar logo, seu pai partiria para outra e a Invasão Britânica cairia fora.

Emma alisou a lapela do terno da Etro de Winston. Era de risca de giz, e o vendedor da Barneys garantira a ele que "emagrecia", mas tudo o que fez foi deixá-lo parecido com um mafioso metido.

Foi então que um celular tocou uma música techno tão alta que Cate quase esperou que as pessoas ao redor surgissem com aqueles bastões que brilham no escuro, como numa rave. Na mesa ao lado, uma mulher com cabelos grisalhos e ralos olhou por cima do peito de pato assado que fingia comer e encarou as meninas com desaprovação.

Winston olhou em volta da mesa.

— Nada de celulares, meninas. Normalmente não me importaria, mas hoje é nosso primeiro jantar como uma fa...

Cate estremeceu. Ele parou no meio, mas ela sabia que ele ia dizer *família*. Ela olhou para Lola, que estava encurvada na cadeira, cutucando seu bolinho de caranguejo. Andie procurava pontas duplas em seu cabelo, não havia dito nem duas palavras a noite toda.

Certo, Cate pensou, *uma grande família feliz.*

Emma passou seu braço pelo de Winston e o apertou.

— Desculpe — disse Stella, tirando o iPhone da bolsa Lauren Merkin azul. — É Bridget. Só um minuto?

Stella leu a mensagem e riu, então cobriu a boca com uma das mãos.

— Ela é hilária demais — sussurrou para Cate, abrindo um sorriso convencido. — Quer saber se você tem uma monocelha, ela não conhece ninguém que tenha demorado tanto para dar o primeiro beijo.

Cate mordeu a ponta de seu camarão e engoliu com força. Emma olhou por cima de sua sopa fria de erva-doce:

— Tudo bem, garotas? — perguntou, olhando de Cate para Stella. Na luz suave do restaurante, sua pele perfeita reluzia.

— Sim, mamãe. — Stella disse, passando o braço pela cadeira de Cate e abrindo um grande sorriso falso. — Tudo ótimo.

Emma olhou para Lola, que agora investigava seu bolinho de caranguejo como se tivesse um tesouro escondido.

— Lola — insistiu, mexendo na corrente prateada em seu pescoço — você está terrivelmente quieta. Ainda está se adaptando ao fuso horário?

— Sim — disse Lola, olhando pela mesa para Cate, Stella e Andie. — Deve ser isso...

Ela enfiou o garfo no bolinho até parar em pé. Atrás dela, dois garçons em blusas impecavelmente brancas passaram.

— Bom, você vai dormir bem esta noite e estará descansada para a escola amanhã.

— Cate, conte a elas algo legal sobre a Ashton — pediu Winston, olhando para ela em busca de apoio.

Cate se esticou para trás enquanto um loiro bonitinho demais para ser apenas um garçom, claramente um aspirante a ator, tirou seu prato de camarão.

— Estava bom — disse, seca.

O garçom passou por trás de Lola para pegar seu prato. Lola se inclinou e seu guardanapo caiu do colo. Ela se abaixou para pegá-lo e bateu a cabeça na cadeira de Stella.

— Ai! — gritou.

— Você está bem? — Sua mãe perguntou, colocando uma das mãos na perna magrela de Lola.

— Estou bem — grunhiu, ajeitando o cabelo para que cobrisse as orelhas.

Dois garçons circularam a mesa, servindo pratos de peixe-espada à La plancha, costelas com cogumelos porcini e vieiras. Winston bateu seu garfo no copo de cristal cheio de champagne.

— Pai — sibilou Cate, olhando o restaurante lotado. Um casal e seu filho adolescente se viraram para olhá-los. O garoto, num terno azul-marinho, encarou Winston e depois as garotas. Cate escorregou um pouco em sua cadeira de veludo vinho.

— Meninas, temos um anúncio a fazer — disse, levando as mãos de Emma à sua boca e beijando-as duas vezes. — Estou tão feliz por estarmos todos aqui, juntos, em Nova York. Emma e eu passamos o verão falando sobre isso e planejando tudo, e agora finalmente aconteceu. Os dois últimos dias foram incríveis.

Cate tossiu alto — *incrível* não era exatamente a palavra que usaria.

Stella rosnou para Cate.

Andie revirou os olhos.

E Lola soltou um suspiro trêmulo.

Emma puxou a corrente em volta do pescoço e sorriu para as garotas:

— É adorável que estejam se dando tão bem. Já estão tratando umas as outras como família, como irmãs.

Cate sentiu como se uma espinha de peixe estivesse presa em sua garganta. Stella não era sua irmã, nem perto disso. Ela era um fungo. Uma bactéria. Uma parasita que precisava remover. Andie podia ser irritante, mas era relativamente inofensiva.

Emma tirou a corrente do pescoço e uma coisa pesada deslizou para dentro de uma de suas mãos.

— Não achava certo usar até termos contado a vocês — sorriu.

— Estamos noivos! — Winston soltou.

Emma riu travessa e abriu a mão, revelando um anel brilhante com um diamante do tamanho de um pirulito. Parecia um daqueles anéis de plástico para crianças, grande demais para ser de verdade.

Enquanto Winston o colocava no dedo de Emma, Cate se sentiu assistindo a uma comédia romântica tosca. Esse não era seu pai. Esse não era o anel de Emma. E essa definitivamente não era sua vida.

Cate tocou a pashmina coral da Fendi em volta de seus ombros, a pashmina de sua mãe. Às vezes parecia que Cate era a única que se lembrava dela.

— Agora, Emma, tenho uma surpresa para você — disse Winston. — Falei com Gloria Rubenstein, aquela organizadora de casamentos que você adora, e ela disse que há uma vaga no restaurante do lago do Central Park... domingo que vem.

— Domingo! — Emma soltou uma risadinha surpresa.

O estômago de Cate se revirou, como se estivesse dentro de um táxi que freia repentinamente. Ela se virou para Stella, que mordia seus lábios com tanta força que estava prestes a sair sangue.

— Sei que é cedo — Winston explicou —, mas não posso esperar um ano para me casar com você, não quero esperar nem um mês. — Uma garçonete ao lado da porta ignorava suas mesas, segurando uma jarra de água de aço inoxidável contra o peito, esperando ouvir a resposta de Emma. — O que acha?

Cate olhou para Lola, que cobria a boca com uma de suas mãos ossudas.

— Acho que é a coisa mais romântica que já ouvi na vida — respondeu Emma, limpando as lágrimas do rosto. A garçonete colocou a jarra de água numa mesa e bateu palmas até que o gerente, um homem magro com uma cabeça bizarramente grande, correu e cochichou algo em seu ouvido.

Emma passou seus braços magros em volta de Winston, uma lágrima caindo em cada bochecha. Cate sentiu vontade de chorar também.

— Meninas — exclamou Emma, olhando em volta da mesa —, sei que parece precipitado, mas estamos pensando nisso desde que nos conhecemos. Simplesmente sabíamos que era o certo a fazer.

Stella empurrou uma vieira em volta do prato com o garfo, irritada. Se Winston e sua mãe "simplesmente sabiam" de algo, certamente não haviam se dado ao trabalho de contar a mais ninguém.

— E agora aqui estamos todos. — Emma olhou para Winston, uma expressão sonhadora em seu rosto, que Cate desejava poder tirar com o Photoshop.

Winston tinha a mesma expressão que Emma, e Stella teve que tossir para não engasgar.

— Vamos contratar uma organizadora de casamentos, é claro, mas adoraríamos que vocês participassem também — disse. — Stella, considerando que tem tanto jeito pra moda, por que não escolhe os vestidos de dama de honra para você e as meninas?

Cate sentiu como se Winston tivesse jogado seu copo de Pellegrino gelada em sua cabeça. *Stella* tinha jeito pra moda?

Emma colocou uma mecha de cabelos loiros atrás da orelha.

— Andie, talvez possa me ajudar a escolher as flores para as mesas, e Lola, poderia me ajudar a decidir a banda que vai tocar.

Andie se endireitou na cadeira e deu a Emma um pequeno sorriso.

Cate revirou os olhos. Se Emma Childs tivesse pedido a Andie para limpar o chão da cozinha com sua língua, ela teria agarrado a oportunidade.

— E Cate — acrescentou Winston —, poderia fazer uma degustação na Greene Street Bakery e escolher o bolo perfeito para nós.

Cate agarrou o assento de sua cadeira, enfiando as unhas bem feitas no estofado de seda. Ela odiava sobremesas — e tinha sido assim desde que comeu seu primeiro biscoito de chocolate. Seu pai tinha esquecido completamente? Ela tocou a pashmina Fendi de novo, um nó se formando em sua garganta.

— Cate? — Winston perguntou.

— Parece... ótimo. — Cate se esforçou para sorrir. Lola mastigava nervosa uma mecha de seu cabelo e Stella roía as unhas. Andie tinha despedaçado sua vieira em dez pedacinhos. Ninguém olhava para ninguém.

Então era oficial. Seus pais estavam oficialmente prestes a se casar. Stella e Lola Childs eram oficialmente residentes do Upper East Side. E a vida de Cate... estava oficialmente arruinada.

As irmãs malvadas

Às 8 da manhã, a Madison já estava lotada de babás empurrando carrinhos duplos de bebê e homens de negócios em seus Bluetooths, murmurando para si mesmos como se fossem loucos. Andie seguiu Stella e Cate pela calçada. Ela olhou para o porteiro cheinho do Excelsior, depois para um fusca amarelo estacionado, e depois para um velho suado correndo sem camisa pela rua 89; olhava para qualquer lugar, menos para Lola. Winston tinha pedido a Andie para acompanhar Lola no caminho para a escola, mas não tinha dito nada sobre *conversar* com ela.

— O que vão fazer depois da aula? — Andie perguntou, olhando as costas da camisa polo cor de lavanda de Cate.

— Seu otimismo é uma graça, C.C. — Cate zombou, não se dando ao trabalho nem de se virar. — Mas nunca vou convidar você para ficar com as Chi Beta Phis.

Andie chutou uma lata de Pepsi amassada na calçada.

— Não se preocupe. — Stella respondeu, dando um sorriso para Andie. — Não está perdendo grande coisa.

— Stella, eu estava pensando — disse Cate, colocando os óculos Gucci gigantes no topo da cabeça —, você deveria começar a considerar se juntar à banda da escola. Eles aceitam *qualquer um.* — Ela se virou para a rua 90, quase chutando um Yorkshire minúsculo para o outro lado da calçada.

Garotas em saias de lã grafite estavam reunidas na entrada da Ashton Prep. A mansão reformada de oito andares era cercada por um pequeno pátio com jardim. Addison Isaacs e Missy Hurst estavam paradas na entrada bem perto dos portões de ferro, se abraçando e dando gritinhos animados. No topo da escada, dois homens de terno azul-marinho estavam parados, como seguranças nos dois lados das grandes portas de madeira, apressando meninas ricas de uniforme para dentro. Molly Lambert, uma das únicas góticas da Ashton, sentava num banco no canto do pátio, rabiscando uma das mãos com caneta preta.

— Obrigada pela preocupação — disse Stella com leveza, passando por um grupo de meninas —, mas estarei ótima sozinha.

Com isso, ela desapareceu na multidão do pátio.

Cate balançou a cabeça com desprezo para as costas de Stella. Ela caminhou confiante em direção à entrada do corredor das turmas do ensino médio, onde Priya, Sophie e Blythe estavam esperando por ela. As salas do ensino fundamental e do médio ficavam em duas alas diferentes, com entradas diferentes e refeitórios diferentes.

Andie olhou pensativa para as amigas de Cate. Estavam todas usando camisas de botão da Lacoste em tons pastel de rosa, azul, lavanda e verde, como um saco de M&M'S da edição limitada de Páscoa. Betsy Carmichael estava encarando com os olhos arregalados uma câmera da *Ashton News*, que uma menina do sétimo ano com cabelo preto seboso segurava. Betsy tinha um quadro sobre as roupas das Chi Beta Phis, como se o pátio fosse um tapete vermelho de Hollywood.

— Andie! — chamou Cindy Ng. Ela deu um largo sorriso, revelando dentes perfeitos e sem aparelho.

Andie deu um abraço apertado em Cindy, sentindo seu perfume Chanel Chance.

— Você está maravilhosa!

Enquanto iam para a entrada do ginásio, Andie ouviu uma buzina de carro soar alto. Ela se virou e viu Lola ajoelhada na rua em frente a um táxi amarelo, alguns livros espalhados a seus pés. O motorista estava para fora da janela, balançando os punhos na direção dela. Essa manhã Lola teve que pegar uma das saias de uniforme de Andie, que era tão curta que estava mostrando sua calcinha de dias da semana.

— Quem é aquela? — Cindy perguntou, se encolhendo.

Andie estava prestes a responder quando Cate passou empurrando e arrastando Betsy Carmichael e a equipe do *Ashton News*. Blythe, Sophie e Priya seguiam logo atrás, suas mãos cobrindo as bocas, divertindo-se.

— Senhoritas da Ashton Prep! — Cate gritou, rindo. Ela parou na calçada e enquadrou Lola com suas mãos. — Apresento-lhes Lola Childs!

Blythe puxou Cate e as garotas correram escada acima para dentro da Upper School, caindo na gargalhada.

Betsy Carmichael parou na frente de Lola e encarou a câmera:

— Bem-vindas de volta, meninas da Ashton Prep. Sou Betsy Carmichael, dizendo: continuem quentes, continuem frescas e continuem vocês mesmas.

Enquanto olhava Lola toda atrapalhada com seus livros e com o rosto vermelho como um tomate, o estômago de Andie pesou de culpa. A última coisa de que Lola precisava era de outra irmã torturando-a; era a última coisa de que as duas precisavam.

— Te vejo na aula de inglês — disse Andie a Cindy. — Explico tudo depois.

Ela passou pela pequena multidão que tinha se formado na calçada. Quando alcançou Lola, ela ainda estava lutando com os livros.

— Ei... — Andie disse devagar.

— Estou legal. — Lola murmurou, mas na hora que falou isso, largou seu Código de Éticas da Ashton Prep com capa de couro no chão. Ela o pegou, mas a parte de trás da saia estava armada para cima, dura de goma. Hannah Marcus, uma menina do oitavo ano que se recusava a praticar esportes porque "não gostava de suar", apontou para Lola e gargalhou.

— Pronto — disse Andie, ajeitando a saia de Lola para baixo. — Vou com você até a secretaria. — Ela pegou alguns livros das mãos de Lola.

— Obrigada — disse Lola, endireitando um pouco as costas.

Andie passou por Hannah olhando feio para ela. Talvez ela e Lola não fossem virar amigas, mas a partir do próximo domingo seriam da mesma família. E Andie não ia deixar ninguém, Cate ou qualquer outra, tratar sua família desse jeito.

Banida para a terra dos perdedores

Stella mordeu um pedaço do seu hambúrguer de peito de peru e olhou em torno do refeitório da Ashton Prep. Suas longas mesas de carvalho estavam cheias de meninas de uniforme, fofocando por cima de pratos de frango grelhado e sushis de arroz integral. No canto, duas calouras magrelas não comiam nada além de frozen yogurt de baunilha. Todas sentavam acompanhadas — todas menos Stella.

Stella olhou para a outra ponta de sua mesa, onde o time de hóquei discutia sua "goleira". O dia todo ela ouvira garotas falando da casa de Shelley DeWitt nos Hamptons, umas pessoas chamadas Dean and DeLuca, ou do almoço que Eleanor Donner dava todo ano na casa de sua avó no Upper West Side. As garotas da Ashton Prep falavam outra língua, algum tipo de código da elite que suas mães devem ter lhes ensinado quando ainda eram bebês. Stella queria que a diretora tivesse lhe dado um tradutor de bolso, em vez daquele livro inútil com cinco páginas inteiras ensinando a maneira certa de usar o uniforme da escola — como se alguém realmente prestasse atenção nessas regras.

Não importa onde Stella estivesse — em Kensington Gardens, na loja da Nanette Lepore ou na Riviera Francesa —, as pessoas sempre iam atrás dela. Mas até agora na Ashton Prep ela só havia falado com três professoras e com a moça do refeitório que perguntou-lhe se queria "fritas ou salada?" Mas ela não estava prestes a desistir tão fácil. Stella se ergueu e foi até as garotas do hóquei. Ela olhou para a menos esportiva da mesa, que tinha um cabelo castanho brilhante e comprido.

Imediatamente Cate entrou, o queixo para cima, rodeada pelas Chi Beta Phis. Todas as cabeças na sala se viraram enquanto se sentavam numa mesa perto da janela.

— Acha que vão deixar alguém entrar esse ano? — Uma menina de franjas tingidas de azul perguntou para o resto do time.

— Se deixarem, provavelmente vai ser a Kirsten Phillips — uma garota com bochechas manchadas de rosa respondeu com convicção. — Ano passado a convidaram para jantar com elas no Ono.

Stella voltou para seu lugar, desejando ter fones de ouvidos isolantes de som da Bose. Na educação física, duas garotas passaram a partida de vôlei inteira discutindo um boato de que Cate havia fretado um iate para Miami sozinha, dando uma festa de marina em marina. Ela começava a achar que Cate estava certa: se você não era uma das Chi Beta Phis, não era ninguém.

Uma menina loira e baixinha com um leve bigode branco andou até a mesa e se sentou na frente de Stella. Ela tirou o que tinha nos bolsos e colocou em sua bandeja.

— Ah, bem melhor assim — disse, para ninguém em particular.

Havia um protetor labial, alguns lenços e um chaveiro que dizia NÃO BEBA E DERIVE. Sua mochila L.L.Bean tinha um monograma, M.U.G. Stella olhou para a mesa de Cate, onde as garotas agora estavam com as cabeças reunidas, como se estivessem estudando um mapa do tesouro de um andar secreto na Barneys.

— É nova aqui — disse a garota, abrindo um pacote de adoçante e despejando em cima de seu macarrão com queijo.

— Hum, sou — disse Stella. A menina de bigode comeu uma garfada de macarrão coberto de pó branco.

— Sou Myra, Myra Granberry.

Stella afundou na cadeira. De repente conseguia imaginar sua vida na Ashton Prep; não estaria sozinha afinal. Ela e Myra seriam melhores amigas. Stella compraria uma mochila L.L.Bean igual, comeria massa pronta com adoçante e passaria as noites de sexta-feira depilando o buço de Myra ou alimentando seus cavalos-marinhos, ou, se tivesse sorte, as duas coisas.

Do outro lado da sala, Cate observava Stella enquanto Myra Granberry acariciava seu buço peludo.

— Qual é, Cate — disse Priya, seguindo a direção do olhar de Cate. Ela partiu uma bolinha verde néon de wasabi com seus palitinhos. — Não pode deixar ela se sentar na terra dos perdedores com M.U.G., a lesma.

— Na verdade, posso sim. — Cate cortou. Ela olhou para Blythe em busca de apoio e a pegou revirando os olhos.

— Desculpe. — Blythe encolheu os ombros, olhando para Pryia e Sophie. — Mas qual é o grande problema dela se sentar conosco?

Cate agarrou a mesa:

— Temos regras! — explodiu. Cate olhou pela sala lotada. Beth Ann Pinchowski pegava uma bandeja de cima de uma pilha gigante perto da porta, seus tênis All Star mal cobrindo suas meias soquete feias. — Não se lembram de Beth Ann? Deixamos ela andar com a gente no sétimo ano e uma semana depois ela estava nos arrastando para ver *Procurando Nemo no gelo*!

Ela havia tentado convencê-las a usar chapéus laranja que pareciam com o Nemo, com pequenas nadadeiras saindo dos lados. Mas foi *Cate* quem teve que planejar a Operação Aniquilação, forçando Beth Ann a sair do grupo.

— Aquilo foi diferente — disse Sophie, balançando a cabeça. Ela olhava Stella solidariamente, como se Myra estivesse prestes a forçá-la a comer meleca.

— Mas foi bem feio sim — lembrou Priya. As meninas olharam Beth Ann pegar um lenço de papel e assoar o nariz. Parecia uma moto dando partida no motor. — Realmente não quero ver mais shows no gelo, vocês querem?

Sophie balançou a cabeça devagar.

Blythe deu de ombros:

— OK, então é só a gente. Que seja.

Cate encostou de volta em sua cadeira, satisfeita. Ashton Prep era *sua* escola, as Chi Beta Phis eram *suas* amigas e *ela* fazia as regras. E de agora em diante, Cate estava impondo uma política estritamente portas fechadas: inglesas não entram.

O príncipe sapo

Lola caminhou segunda-feira depois da aula pela rua 82. Ela não via Andie desde que havia se despedido dela na secretaria, e passou o dia se sentindo desamparada e sozinha, como a garota deslocada de algum filme da sessão da tarde. Na aula de história, uma menina loira bonita havia perguntado à professora se o uniforme da Ashton Prep incluía calcinhas com os dias da semana. A todo lugar que ia, parecia que as pessoas estavam cochichando sobre ela e rindo às suas custas.

O sol da tarde esquentou seu corpo e ela sorriu enquanto virava na Quinta Avenida, ao se lembrar para onde estava indo. Mal podia esperar para ver Kyle. Ele havia prometido levá-la para um sorvete de "primeiro dia de aula" após o ensaio de sua banda, exatamente como nos velhos tempos.

Lola se aproximou do caminhão de sorvete Mister Softee na esquina, onde um menininho com bigode de refresco de frutas esperava na fila com a mãe. Do outro lado da rua, dois homens musculosos dançavam break em cima de um papelão esticado do lado de fora do Central Park. Lola esperou pacientemente. A qualquer minuto, Kyle estaria arrastando sua tuba pela calçada em seu carrinho de mão, com seus óculos grandes-demais-para-seu-rosto. Ela sorriu só de pensar nele.

— Varapau! — Uma voz não familiar a chamou pelo apelido antigo.

Lola se virou de volta para o caminhão de sorvete. Na frente dele estava...

— *Kyle?* — gritou.

O menino em sua frente era quase irreconhecível. Kyle havia ganhado peso e se bronzeado, e não estava usando seus óculos. Seus olhos castanhos cintilavam na pele reluzente. Seu cabelo ainda estava espetado, mas menos estilo nerd-Harry-Potter e mais estilo gatinho-Zac-Effron. E estava tão... *alto*.

— Ei!

Kyle sorriu enquanto dava ao sorveteiro algumas notas amassadas. O homem as colocou numa caixa de sapatos velha, gentilmente dando batidinhas com uma delas em sua testa suada.

Lola deu um passo em direção a Kyle, sentindo suas longas pernas magricelas subitamente instáveis. Ela olhou a caixa preta do violão pendurada em seu ombro.

— Hum, o que aconteceu com sua tuba? — perguntou estupidamente.

Kyle riu e tirou a franja dos olhos:

— Ih cara, esqueci daquela coisa. Tenho tocado violão nos últimos dois anos.

Lola tirou o cabelo loiro detrás da orelha. Do outro lado da rua, um dos dançarinos de break girava de cabeça para baixo.

— Ainda toca a viola? — Kyle perguntou, pegando duas casquinhas de chocolate das mãos do sorveteiro. Sorvete de chocolate e Fanta Laranja sempre foram os favoritos dos dois. Melhor ainda se tomados juntos.

— Ainda! — Lola disse, a voz um pouco estridente. Ela encarou os olhos quentes e castanhos de Kyle, nervosa de repente. Podia sentir o suor inundando a parte baixa das costas. Ela olhou para os tornozelos de Kyle para se acalmar, mas as sandálias com meias brancas que ele costumava usar foram substituídas por tênis da Adidas.

Kyle deu a ela uma casquinha e Lola, afobada para pegá-la, esbarrou o sorvete na frente da camisa de Kyle. A casquinha caiu no chão, deixando uma trilha de mancha marrom atrás.

Lola pegou um lenço da sua bolsa rosa da Gap e tentou limpar a camisa dele. O lenço se despedaçou, deixando enormes farelos de papel branco.

— Ah não...

Ela pôs as mãos no rosto sardento e olhou para a calçada. A poça de chocolate chegava cada vez mais perto de seus chinelos Reef.

— Acho que algumas coisas nunca mudam, Varapau. — Kyle riu, afastando a camisa molhada do peito.

Um grupo de garotas da Ashton Prep atravessou a rua em direção ao parque. Uma ruiva de rosto amassado apontou sobre o ombro para Kyle e as outras garotas olharam para ele.

O corpo inteiro de Lola parecia estar pegando fogo, sua pele estava vermelha e quente. Era óbvio que estavam dizendo: *quem em nome de Deus está ali com Kyle Lewis? E mais importante ainda, hum, por quê?*

Subitamente, Lola se fez a mesma pergunta.

Haviam se encontrado há menos de cinco minutos, mas Kyle já podia entrar na categoria de PESSOAS QUE NÃO DEVERIAM SER VISTAS EM PÚBLICO COM LOLA CHILDS, ao lado de Stella, Cate e todo mundo na cidade de Nova York.

Uma vilã em teoria

Stella sentou-se na sala, rabiscando distraidamente em seu caderno. Não só havia se sentado com Myra no almoço, como haviam sido escolhidas parceiras no laboratório, onde escutou os cochichos e descobriu o infeliz apelido de Myra. Stella se imaginou no palco durante a feira de ciências, em frente a um pôster sobre a FEBRE HEMORRÁGICA. Myra estaria segurando uma de suas mãos, a escola inteira gritando, *M.U.G., a lesma! M.U.G., a lesma*!

Durante todo o dia, Cate havia observado Stella andar pelos corredores como uma paciente de hospício, tropeçando confusa para as salas de aula erradas. Ela até fingiu não conhecê-la na sala de estudos, quando a professora as sentou lado a lado.

Stella se inclinou para trás na poltrona de couro e suspirou. Era Stella *Childs*, filha de uma supermodelo com um duque. Cresceu indo a desfiles de moda e estreias de filmes, e seus desenhos haviam sido expostos certa vez numa galeria em Notting Hill. Ela deveria estar no topo da cadeia alimentar, e não discutindo bioterrorismo com uma presa. Mas tirando anunciar para toda a Ashton Prep, *Sou praticamente da realeza, por favor me idolatrem!*, estava sem ideias.

Gostando ou não, precisava de Cate, e de ser aceita nas Chi Beta Phis.

Foi quando Cate passou pelas portas de batente, sua bolsa Balenciaga preta e branca balançando em seu ombro.

— Até mais, mana — disse com desdém. — Estou indo encontrar Blythe na Barneys.

Stella amassou o desenho que estava fazendo, irritada. Mas teve uma ideia.

— Sei que não é da minha conta — Stella se ouviu dizer —, mas devia mesmo tomar cuidado.

Cate se apoiou na porta e franziu os olhos:

— O que quer dizer com isso?

— Blythe não está mais feliz em ficar em segundo plano, especialmente com seus dois novos amiguinhos. — Stella encarou-a séria. Estava exagerando. Mas Blythe tinha *mesmo* parecido meio irritada com Cate na reunião. E era provado cientificamente que quando crescem os peitos das meninas, elas mudam totalmente. Além disso, Stella não podia andar com M.U.G., a Lesma pelos próximos quatro anos. Era uma emergência.

— E quando foi que virou uma especialista na felicidade de Blythe? — Cate perguntou desconfiada.

— Não disse que era especialista. É só que estamos na aula de Francês juntas e... — Stella continuou, fingindo estar tão entretida com outro desenho que não podia nem completar a frase.

— E o quê? — Cate exigiu.

— Nada. Esquece que falei alguma coisa.

— Acha que Blythe quer ser a líder das Chi Beta Phis?

Stella deu de ombros sem se comprometer, sabendo que já tinha feito o suficiente.

— Pode se garantir com números — continuou. — Poderia me deixar entrar. Sabe como é, por segurança. Só algo em que deveria pensar.

— Você não é *"fantástica"* sozinha? — Cate perguntou, fingindo um sotaque britânico.

Stella examinou suas cutículas.

— Fique à vontade. Estava só tentando ajudar.

Cate se virou para ir embora mas parou no alto das escadas. Ela passou a língua sobre os dentes pensativa. Blythe tinha *realmente* passado toda a aula de Biologia falando em como era chato ter que comprar roupas novas, considerando que seus peitos não cabiam em mais nada do que tinha. E aquela revirada de olhos no almoço...

— Vou pensar no seu caso — disse por cima dos ombros.

Cate seguiu Blythe pelo Chelsea Passage, o departamento de casa da Barneys. Blythe tocou um vaso cor de creme. Era totalmente liso com a exceção de uma grande tromba de elefante saindo do centro.

— Que tal isso? — riu.

— Boa. — Cate provocou, olhando em volta para um presentinho de noivado/casamento/obrigado-por-arruinar-minha-vida para Emma e seu pai. Uma parede estava coberta de pratos com rostos e grafismos, como suspeitos alinhados para serem reconhecidos numa delegacia de polícia. Uma pilha de cadeiras de plástico *mod* vermelhas e amarelas estava num canto, ao lado de uma longa mesa rosa com porcelana amarela.

— E que tal aquele? — Blythe apontou para um vaso de vidro vermelho com um nariz e um bigode.

— Nem tanto. — Cate murmurou.

— Vamos lá! É engraçado! — Blythe disse, colocando seu recém-aloirado cabelo num rabo de cavalo.

Uma vendedora com corte de cabelo imitando o da Rihanna olhou feio para as garotas. Cate a encarou de volta. Estavam na Barneys, não numa biblioteca.

Verdade seja dita, nem ligava mais em comprar um presente para seu pai e Emma. Tinha passado a última hora dissecando tudo o que Blythe fizera desde que havia voltado da Grécia. Por que tinha emprestado para Sophie suas argolas de ouro? Por que havia pedido a Priya para irem ao banheiro juntas durante a ginástica? Será que aquele papel que tinha passado para Mackenzie Brooks durante a aula de história era mais do que apenas dever? Estaria ela anunciando o novo regime de governo?

— O que fez ontem à noite? — Cate perguntou casualmente, indo para uma parede de porta-retratos. Ela passou as mãos por uma moldura de crocodilo preta. Parecia áspera.

— Nada. — Blythe pegou uma caixa laqueada Mondrian e a virou em suas mãos.

— Não fez absolutamente nada? — Cate insistiu, esperando que a pergunta parecesse inocente.

— Tudo bem, fui jantar com minha mãe.

Cate a observou, na dúvida se havia acabado de pegar Blythe mentindo. Ela balançou a cabeça e disse:

— Vamos lá em cima — anunciou, indo para a escada rolante. — Esqueça o casamento. Quero comprar é um vestido novo.

Blythe tirou um pedaço de algodão da saia cinza do uniforme de Cate enquanto subiam na escada rolante.

— Queria que tivesse ido para a Grécia nesse verão. Tive que ficar com Connor o tempo todo. Agora falo a língua das crianças de dois anos de idade.

Cate riu apesar de tudo, imaginando a superbronzeada Blythe e Connor nas praias de Santorini, Blythe enterrada até o pescoço na areia. O pai de Blythe havia se casado novamente após o divórcio e agora vivia com sua nova esposa e filho em Los Angeles, onde produzia filmes de ação caros e bebês loiros.

Cate desceu da escada rolante, um pouco aliviada. Talvez Stella estivesse errada. Blythe parecia ser a mesma, sempre fazendo Cate rir entre sessões de bronzeamento artificial.

No sexto andar, um exército de manequins Marc by Marc Jacobs estavam expostos em fila, cabides com roupas de cores fortes enfeitavam as paredes atrás deles. Ela amava a Barneys não ter fileiras, apenas espaço aberto e paredes cobertas de roupas incríveis — exatamente como uma loja deve ser. Beth Ann Pinchowski tinha arrastado as meninas até a Macy's uma vez, e Cate quase teve um ataque de pânico por causa da massa de turistas e as fileiras de roupas apertadas umas com as outras dignas de causar claustrofobia. Blythe tinha dado a ela uma sacola de compras de papelão e a mandou inspirar e expirar lentamente.

Cate andou ao lado de uma parede verde-limão coberta de bolsas e sapatos, passando os dedos por uma bolsa chocolate Sissi Brown. Do outro lado da loja, Ally Pierce, veterana da Ashton, estava segurando uma túnica dourada de lamê. Interessante, metálicos na moda de novo? Cate fez uma anotação mental para dividir a descoberta com as meninas.

— Então, Priya disse que sua irmã avisou que se tivermos que escolher entre escultura e música ano que vem, devemos escolher escultura. — Cate pegou a bolsa de couro macio e a pendurou em seu ombro para ver como ficava.

— É, ela disse para mim também. — Blythe circulou um aquário tropical com um Buda sorridente gigante dentro. Um caracol rastejava em sua barriga rechonchuda. — Ela disse que eles têm modelos vivos da Companhia de Dança do Lincoln Center. Mesmo de calças apertadas, os caras são supergatinhos.

Cate largou a bolsa no chão. Priya definitivamente não tinha falado nada de *modelos homens*. Cate sempre foi a que ouvia cada uma sobre horários e matérias, e então tomava a decisão final sobre fazer a aula ou não. Ela precisava desse tipo de informação. E quando foi que Priya *contou* a Blythe sobre escultura? Cate fazia todas as aulas junto com as duas. Todas as aulas menos francês...

— Só achei que devíamos finalizar nossos planos de estudo — disse Cate, tentando se recompor. Ela seguiu Blythe até as prateleiras da Theory.

— Tudo bem. — Blythe pegou um suéter com gola V de cashmere azul da pilha e o segurou contra seus peitos. Pareciam ainda maiores do que ontem. — Vou experimentar isso, me encontre no provador lá de cima. — Ela se virou e andou até as escadas de vidro.

Me encontre no provador lá de cima? Isso parecia uma ordem. Cate não obedecia a essas coisas.

Cate continuou na seção da Theory por muito mais tempo do que precisava, observando uma ruiva de cabelo duro colocar uma mala Louis Vuitton no balcão e devolver seu conteúdo — doze bolsas bege diferentes. Finalmente, Cate pegou alguns vestidos e foi lá para cima também.

Blythe estava admirando cada ângulo seu no espelho triplo do provador.

— Veredicto? — perguntou, virando-se de lado. Ela colocou o cabelo loiro num rabo de cavalo e o suéter subiu, revelando um pedaço de barriga magra e bronzeada.

— Culpado de fazer seus peitos parecerem imensos — soltou Cate. Parecia que Blythe tinha enfiado dois balões cheios de água embaixo da blusa, como costumavam fazer no quarto ano, brincando no parque Carl Schurz, no East River.

— Eu sei! — Blythe gritou animada, puxando a franja para trás. — Estou gostosa! — Ela piscou para seu reflexo. Cate olhou para baixo, para seus peitos pequenos, que mal enchiam seu sutiã PP com enchimento.

— Quer que arranje uma cabine vazia para você? — Uma voz perguntou.

Cate se virou e viu uma menina com idade para estar na faculdade usando saltos verdes neon e dez argolas de prata numa só orelha.

— Na verdade... — Cate disse, forçando um sorriso. As roupas penduradas em seu braço de repente pareciam pesar duzentos quilos. — Não estou a fim de experimentar nada. Vou comprar todos.

A garota concordou com a cabeça e se virou para ir:

— A propósito, ficou perfeito em você — acrescentou, admirando o suéter de Blythe.

— Obrigada. — Blythe disse convencida. Então olhou por cima dos ombros para Cate e sorriu.

Quinze minutos e cinco itens da Theory comprados mais tarde, Cate e Blythe saíram pelas portas giratórias de vidro da Barneys e pisaram na Madison. Cate começou a andar para a rua 61, duas sacolas de compras balançando de cada lado. Mas Blythe não se moveu.

— Tenho que cuidar de uns assuntos no centro da cidade — disse. Seu rosto estava rosado e inexpressivo.

— Que assuntos? — Cate perguntou, colocando uma das mãos na cintura da saia de seu uniforme.

— Só umas coisinhas. É melhor me apressar. — Blythe olhou para seu pulso laranja e nu.

— Blythe! — Cate gritou, enquanto Blythe disparava rua abaixo, suas sapatilhas Tory Burch batendo contra a calçada. — Você nem usa relógio!

— Te vejo amanhã! — Blythe gritou, sem olhar para trás.

As pernas de Cate pareciam pregadas na calçada. Blythe estava guardando segredos dela — ela *sabia*. Blythe, sua suposta melhor amiga, sua vice. Como *pôde*?

Ela sacou seu iPhone e discou o número de Sophie. Sua chamada foi direto para a caixa postal.

— Sophie, me liga assim que ouvir isso, precisamos conversar. — Cate vociferou, apertando o telefone contra o ouvido. Sophie deixava sempre o telefone ligado, até quando estava brincando de Barbie.

Um ônibus vermelho de dois andares passou. No alto, uma garota usando uma coroa de isopor da Estátua da Liberdade olhou para baixo em direção a Cate como se ela fosse um animal exótico.

Ela discou para Priya em seguida. *Aqui é a Priya* — a gravação disparou. — *Sabe o que fazer.*

Cate não se deu o trabalho de deixar uma mensagem. Era óbvio o que estava acontecendo. Blythe tinha feito planos com Sophie e Priya e não a convidou. Por qual outro motivo estariam as duas com o telefone desligado?

Então Stella estava certa. Blythe era desleal. Ela estivera apenas estudando Cate durante os últimos três anos, fazendo um imenso arquivo intitulado COMO DESTRONAR A PRESIDENTE DAS CHI BETA PHI.

Se não conseguir de primeira, tente de novo e de novo

Andie andou de um lado para outro em seu quarto, agarrando um travesseiro laranja berrante contra o peito como um colete salva-vidas. Não ficava nervosa assim desde que Ben Carter lhe pedira em namoro no outono passado.

Ela olhou o pedaço de papel em sua mesa mais uma vez. Ela havia listado todos os seus argumentos e decorado tudo, como fez para seu trabalho de história no ano anterior. Tecnicamente, devia estar ajudando Emma e escolher os arranjos das mesas, mas não tinha por que não tocar no assunto de sua carreira de modelo enquanto comparavam rosas e peônias.

Ela começaria dizendo a Emma como ser modelo era seu destino.

Se Emma dissesse que era muito jovem, lembraria que ela própria tinha 13 anos quando fotografou seu primeiro anúncio da Calvin Klein.

Se dissesse que Andie era muito pequena, rebateria que Kate Moss tinha um metro e setenta — e considerada baixinha para uma modelo!

Se dissesse que era um mundo muito duro, diria a ela que sua pele era mais resistente do que uma bolsa de crocodilo vintage Yves Saint Laurent.

Ela não iria mencionar que havia mandado fotos para o site da Ford e que até agora não tinham ligado de volta. Provavelmente nunca olhavam o site mesmo.

Então, perguntaria a Emma se podia ir na Fashion Week, no Bryant Park, com ela. Emma andava tão ocupada pra lá e para cá com Gloria, decidindo toalhas de mesa e qual gramatura de papel era melhor para os cartões de agradecimento, que estava perdendo a maior parte dos eventos da semana. Mas ela ia ter que ir ao desfile da Ralph Lauren amanhã à tarde. E com um pouco de sorte, Andie seria sua acompanhante.

O interfone de plástico bege na parede apitou:

— Andie, Gloria está aqui com as flores. — A voz de Emma cantarolou.

Andie correu pelas escadas até a cozinha. Emma estava ao lado do balcão de granito, falando no celular.

— Entendo isso — disse ao telefone — mas é inconveniente.

Andie parou na porta, paralisada. Não importa quantas vezes passasse por Emma no corredor ou comesse mingau de aveia do outro lado da mesa, sempre ficava um pouco deslumbrada ao vê-la. Era como descobrir os Jonas Brothers dentro do seu banheiro.

A bancada de granito da cozinha estava coberta de flores. Uma mulher mais velha estava ao lado de Emma, passando suas unhas cor de vinho em seu cabelo castanho e ralo. Sua pele era bizarramente esticada.

— Gloria Rubenstein. — A mulher anunciou, pegando uma das mãos de Andie com as suas. — Dizem que sou uma das melhores organizadoras de festas de Nova York, e estão *certos*. — Gloria soltou uma risadinha, os olhos arregalados como se estivesse surpresa.

Andie deu uma olhada para Emma, que ainda estava ao telefone.

— Certo — disse Emma, parecendo irritada. Ela pressionou o dedo contra a testa e colocou o telefone sobre a bancada; olhou para Andie e Gloria, desculpando-se. — Perdoem-me, acho que vamos ter que adiar. Aparentemente Winston e eu temos que estar no local da festa para a degustação em meia hora.

Andie puxou para baixo a borda da saia, desapontada. Faltava menos de um dia para o desfile da Ralph Lauren, e tinha esperado o verão inteiro para falar com Emma sobre ser modelo. Mas todas as vezes tinha perdido a coragem. Hoje ia ser o dia. Ela encarou o rosto de Emma, o mesmo que havia visto nas laterais de todos os ônibus de Nova York durante a campanha para o Chanel Nº5.

— Tudo bem — disse Andie alegremente, forçando um sorriso.

— Obrigada por entender. — Emma pegou seu casaco curto de um banco da cozinha. Gloria acenou uma das mãos, como se estivesse acostumada a lidar com clientes ocupados e aéreos. — Vou te compensar. — Emma prometeu a Andie enquanto saía pela porta da frente.

Andie começou a subir as escadas bem quando o celular de Gloria tocou.

— Romando! Querido! — Gloria exclamou alto. — Me diga que vai poder fotografar no domingo. É o casamento de *Emma Childs*, *você* deveria estar pagando para *nós*.

Andie subiu e passou pelo lado de fora do antigo escritório de Winston. Os decoradores haviam pintado as paredes de uma cor mostarda e colocado uma cama queen-size ao lado da janela. A porta do closet de Stella estava aberta, uma pilha de caixas marrons empilhadas ao lado como uma gigante torre de madeira de brinquedo.

— Stella? — Andie finalmente chamou, sua voz um pouco esganiçada. Não havia conseguido parar de pensar no artigo da *Allure* com Stella, a garota que disse que Paulina era praticamente sua tia. Se Emma não conseguia colocá-la para dentro da Fashion Week, talvez Stella pudesse. Ela andou até o closet, onde Stella estava ajoelhada no chão, abrindo uma caixa de papelão que dizia PRODUTOS DE CABELO DE STELLA.

Stella sentou de volta em seus calcanhares, segurando dois frascos de xampu Frédéric Fekkai como halteres.

— Droga — murmurou, olhando para cima para Andie. — Revirei duas vezes meu quarto inteiro e ainda faltam duas caixas, Artigos de Beleza e Vestidos 3 — explicou. — E não acho nenhuma das minhas sombras.

— Stella... — Andie disse devagar, apoiada contra a porta. — Ano passado li num artigo da...

— Os caras da mudança deixaram alguma caixa no seu quarto? — Stella interrompeu, passando por Andie e mexendo em outra caixa no alto da pilha.

— Não... — Andie disse, e continuou insistindo: — Acho que eu só queria...

Stella jogou no chão um par de jeans Anlo e colocou as mãos nos quadris.

— Não é uma boa hora, C.C. — suspirou. — Estou no meio de uma crise.

Ela desapareceu dentro do closet e levantou um par de saltos Jimmy Choo, como se uma caixa de papelão pudesse estar escondida embaixo deles.

Andie deu um passo para trás, magoada. C.C. Ela esperava que isso estivesse esquecido no fundo da mente de Stella, junto com todos os nomes que Cate usava para chamá-la (*anã, deslumbrada, poser*). Mas aparentemente estava ali, na frente e bem à vista.

Ela saiu do quarto de Stella, derrotada. Tinha sido boba por achar que podia conversar com Stella sobre ser modelo, três dias haviam se passado, mas nada mudou.

Stella se esparramou na cama, olhando a cabeceira trabalhada. Roupas e caixas estavam espalhadas pelo chão, como se seu closet tivesse vomitado no quarto todo. Não apenas tinha zero amigos em Nova York, como agora também não tinha vestidos. Não que estivesse com vontade de usá-los, pra falar a verdade. Havia escrito para Bridget e Pippa cinco vezes, mas era quase meia-noite em Londres, e nenhuma das duas tinha respondido. Ela puxou um cacho loiro até o couro cabeludo doer.

Alguém limpou a garganta. Lola estava empoleirada na porta, examinando o quarto como se Stella fosse vítima de alguma catástrofe natural. Em uma de suas mãos estava uma pequena sacola de algum lugar chamado Duane Reade.

— Está parecendo que aqui é seu quarto? — Stella resmungou, sentando-se.

— Desculpe. — Lola disse quieta. Ela olhou o papelão rasgado num canto. — O que está fazendo?

— Chorando a perda de meu vestido de seda Madison Marcus favorito. — Stella franziu as sobrancelhas. Então apertou os olhos para Lola: — Roubou uma das minhas caixas?

— Não, não. Já guardei as minhas roupas.— Lola balançou a cabeça. Ela entrou no quarto de Stella, passando por cima de uma pilha colorida de esmaltes Chanel. Na mesa de Stella estava uma foto emoldurada de sua família no Natal. Estavam usando coroas de papel fino verde-claro, roxo e rosa na cabeça. Lola tocou com os dedos o rosto sorridente de seu pai, sentindo como se tivesse acabado de engolir um tijolo. Foi só um mês antes de descobrirem sobre Cloud.

Lola alisou para baixo seu cabelo frisado e se virou para Stella, lambendo o protetor labial de seu lábio inferior:

— Stella? — perguntou.

Ela queria contar a ela sobre o incidente com o táxi essa manhã, e como tinha almoçado no pátio com Birdy, um dos seguranças da Ashton Prep. Queria contar a ela como Kyle — o nerd, senhor-sei-disparar-ervilhas-pelo-nariz-durante-o-jantar Kyle — estava descolado agora. E mais do que tudo, queria perguntar a Stella como conseguia ver aquela foto todo dia e não sentir como se tivesse sido atropelada por um tanque. Ela virou o porta-retrato com a foto para baixo na penteadeira.

Stella se apoiou contra a cabeceira da mesa, olhando o nariz sardento de Lola. Ele sempre se retorcia quando ela estava prestes a chorar. Ela sabia que Lola odiava falar sobre seu pai — não tinha dito uma só palavra sobre ele o verão todo na Toscana, e se recusou a falar com ele sempre que ligava. Fazia com que fosse mais fácil para Stella gostar dele — Lola estava com raiva suficiente pelas duas. Sim, ele havia cometido um grande erro, mas ainda era seu pai.

Foi quando o iPhone de Stella soou alto seu toque techno. Ela pegou o telefone e olhou a tela. Cate.

— Lola — disse, levantando um dedo. — Tenho que atender essa chamada, espera aí. — Ela pegou o telefone. — Alô? — perguntou. Cate só tinha ligado para ela uma vez, e isso tinha sido há três dias.

— O que está fazendo? — Cate perguntou.

— Só arrumando minhas roupas...

— Sozinha?

Stella olhou para Lola, que tinha andado de volta até a porta, balançando a sacola vermelha e azul Duane Reade em volta do pulso magro.

— É claro que estou sozinha — balbuciou Stella. — Precisa ficar me lembrando?

Lola parou de balançar a sacola e olhou para Stella, seu nariz se retorcendo de novo. Stella tentou dizer em silêncio a palavra *desculpe*, mas Lola saiu correndo do quarto.

— Obrigada pela dica mais cedo — continuou Cate. — Decidi que pode andar com a gente. Mas sob minhas condições.

— Tudo bem. — Stella respondeu, sem saber muito bem o que "minhas condições" significava. Mas antes que pudesse perguntar, Cate já tinha desligado.

PARA: Blythe Finley, Priya Singh, Sophie Sachs
DE: Cate Sloane
DATA: Segunda feira, 21h18
ASSUNTO: Democracia Já

Atenção, meninas!

Como líder oficial das Chi Beta Phis, é meu dever assegurá-las de que toda integrante em potencial passe por um processo de seleção mais rigoroso que o da CIA. Eu me recuso que sejam submetidas a mais um show no gelo.

Na nossa última reunião, me perguntaram se poderíamos andar com minha irmã postiça, Stella Childs. Estou respondendo agora: Sim. Durante os próximos cinco dias Stella vai estar "em fase de testes". Vou dar a ela uma série de tarefas para ver se é material para as Chi Beta Phi, e no sábado (presumindo que ela tenha completado todas as tarefas), vamos votar para decidir se ela entra ou não.

Sejam perspicazes!
Cate

Uma irmã em necessidade é uma amiga de verdade

Lola estudou seu reflexo no espelho do banheiro e franziu a testa. Ela pegou a faixa de cabelo verde-água que tinha comprado na Duane Reade depois de sua reunião desastrosa com Kyle. Dois anos haviam feito dele o cara mais adorável que já vira, mas ela ainda era sua colega Varapau. Ainda tinha orelhas grandes e um calombo no meio do nariz. E ainda não passava 10 minutos sem derramar refrigerante na roupa ou pisar num cocô fresco de cachorro.

Ela ajustou a faixa para que cobrisse a ponta de suas orelhas. De agora em diante, as coisas seriam diferentes. *Ela* seria diferente. Chega de tropeçar nas coisas. E chega mesmo de orelhas de Dumbo.

Andie colocou a cabeça para dentro do banheiro. Usava calças de pijama xadrez que pareciam três números maiores que ela.

— Só preciso lavar o rosto — disse, indo até a pia.

— Sobre hoje mais cedo... — Lola começou. Antes de deixá-la na secretaria, Andie tinha desenhado um mapa na parte detrás de seu horário para Lola saber onde eram suas aulas. — Obrigada por me ajudar. — Seu estômago doía só de pensar em sua estreia na *Ashton News*.

— Sem problemas. — Andie olhou o cabelo de Lola e a sacola amassada da Duane Reade ao lado da pia. — Qual é a da faixa?

— Só pensei... — Lola observou enquanto Andie se inclinava e fazia espuma no rosto. Ela hesitou, sem querer revelar demais. Mas mesmo tendo um guarda-roupa perfeito e intimidador, um cabelo lindo e nunca arrepiado, e um narizinho de botão, Andie não riu da cara de Lola na frente da escola inteira. — Achei que talvez escondesse minhas orelhas.

— O que há de errado com suas orelhas? — Andie perguntou, molhando o rosto com água. Ela já sabia a resposta para essa pergunta, mas depois de hoje achou que Lola podia estar precisando de uma levantada na autoestima.

Lola mordeu os lábios.

— Bem, elas são grandes. E... bom, tem esse menino chamado Kyle, com quem cresci em Londres. Nos falamos pela internet o verão inteiro e ele mora em Tribeca agora.

Andie enxugou o rosto com uma toalha quadriculada, seus lábios formando um sorriso:

— Deixe-me adivinhar: está gostando dele.

Lola corou tanto, que suas orelhas ficaram vermelhas. Kyle era um dos meninos mais bonitos que já vira *e* era legal. E engraçado e esperto, e simplesmente maravilhoso.

— Não importa — resmungou Lola. — Ele nunca gostaria de mim.

— Mas tem falado com ele o verão inteiro, certo? — Andie perguntou, voltando a seu quarto. Lola afirmou com a cabeça. Andie pulou em sua cama e abraçou um travesseiro vermelho berrante. — É um bom começo. Agora só precisa sair da posição de amiga — disse, como se fosse óbvio.

— Mas como? — Lola perguntou, indo até a porta.

— Pare de ser tão amiga e seja mais *garota*. — Andie mexeu com os dedos no rabo de cavalo enquanto dizia "garota". Lola ainda estava hesitantemente parada na porta. — Pode entrar, você sabe, né?

Lola olhou o quarto, que tinha uma parede vermelho-vivo. Quase todas as superfícies — a chaise, a cama, a cadeira da mesa — estavam decoradas com travesseiros marroquinos de cores vibrantes. Parecia um palácio exótico, só que sem dança do ventre.

Acima da cabeça de Andie havia uma imensa colagem. No meio via-se uma foto em preto e branco de uma mulher segurando um bebê. Ingressos para *Wicked* e *Rent* encontraram-se amontoados entre um cartoon de um gato siamês fazendo ioga e uma folha de revista brilhante com David e Victoria Beckham, posando para a linha deles, dVb. Ao lado, estava um anúncio da Chloé com uma modelo coberta de bolsas de couro, como se uma avalanche de acessórios tivesse despencado sobre ela. O rosto sorridente de Andie estava colado na foto. Parecia que ela não tinha pescoço. Lola riu.

Andie seguiu o olhar de Lola e rapidamente se levantou da cama.

— Não era para ter visto isso. — Ela tirou o anúncio da colagem e o enfiou na gaveta da mesinha de cabeceira.

— Desculpe, é só... por que fez isso? — Lola apertou as pontas do cabelo arrepiado e tentou parar de sorrir.

— Não tem graça nenhuma. — Andie sabia que Lola não quis dizer nada com isso, mas ela era cuidadosa em contar aos outros sobre o sonho de ser modelo. Não queria que Cate soubesse que ela levava isso a sério, não até que pudesse provar que era real.

— Sinto muito — repetiu Lola, cobrindo com as mãos o rosto sardento. Ela olhou da colagem para a mesinha de cabeceira de Andie, que tinha mais revistas de moda do que num salão de cabeleireiro, e o que parecia uma página impressa do site da FordModels.com. De repente ela entendeu tudo:

— Você quer ser modelo?

Andie mordeu as cutículas.

— Eu sei, é idiota. Tenho um metro e quarenta e nove. Mas a enfermeira Paul disse que vou dar uma espichada esse ano, e tenho bebido bastante leite.

— Não, não — protestou Lola, olhando o rosto redondo e perfeito de Andie. — Não acho nem um pouco idiota. É mais bonita que a maioria dessas meninas da *Teen Vogue*. — Lola estava sendo sincera.

— Obrigada. — disse Andie, deitando-se de volta na cama. — Tentei conversar com sua mãe sobre isso, mas ela foi a uma degustação e ainda não voltou. Queria muito que ela me levasse na Fashion Week, juro que seria capaz de lamber os pés de Cate para estar na mesma sala que Kate Moss — disse séria.

— Eca! Não precisa fazer isso. — Ela bateu as palmas em frente do rosto, rapidamente. — Vamos entrar de fininho! Já fui a desfiles antes, não pode ser tão difícil.

Os olhos de Andie se arregalaram. *Lola*. Ela tinha pensado que Emma poderia ajudá-la, e Stella seria a segunda melhor opção. Mas Lola também era uma Childs. Andie a tinha subestimado completamente, em mais de uma maneira.

Andie sorriu, imaginando-se sentada na primeira fila, assistindo enquanto Bar Refaeli marchava pela passarela num vestido de gala Cynthia Rowley.

— Isso! — gritou, abraçando Lola forte.

Ela esbarraria em Anna Wintour e sorriria para Heidi Klum. Ela absorveria o estilo e a vibração das modelos. E talvez, apenas *talvez*, seria... descoberta.

Provas e tarefas

Stella seguiu Cate por um corredor com ar condicionado que tinha um vago cheiro de cola. No caminho até a escola essa manhã, Cate ficou falando dos novos peitos de Blythe, até se referindo a ela como B.P. (Blythe Peitões). Depois havia puxado Stella da secretaria só para fazer com ela um tour "oficial" pela Ashton Prep. Stella mal podia esperar para andar pelos corredores com as Chi Beta Phis.

Esqueça M.U.G., a lesma — ela já tinha passado para abreviaturas melhores e mais importantes.

Elas escalaram uma estreita escada e viraram num largo corredor. Esculturas de arame abstratas que pareciam amebas gigantes forravam as paredes. Uma garota alta, com penteado bufante no estilo de *Hairspray* e delineador branco, saiu de uma das salas. Seu avental cinza estava manchado de vermelho-escuro, como se tivesse acabado de completar uma pintura estilo Jackson Pollock usando apenas ketchup.

— Oi, Cate — disse.

— Oi, Missy. Esta é Stella — respondeu Cate.

Stella se endireitou. Talvez Blythe não estivesse realmente planejando uma revolução, mas aquela mentirinha boba tinha valido a pena. Pela primeira vez desde que as aulas começaram, ela não era a esquisita deslocada.

— Oi — Missy sorriu enquanto ia embora.

— Missy está no terceiro ano — sussurrou Cate enquanto viravam em outro corredor. Numa sala com sofás de couro vermelho, algumas garotas estavam esparramadas no chão, rabiscando num gigante cartão de MELHORAS com uma zebra de cama desenhada na frente. — É uma artista incrível, foi a pessoa mais jovem da história a expor no Whitney. Mas a garota tem mais problemas que uma seção de cartas da revista *Seventeen*.

Cate parou.

— Quase esqueci — disse, indo até uma porta de correr de vidro. — Aqui é nosso terraço.

Stella saiu para um pátio de pedra cercado por um alto portão de ferro.

— É incrível — suspirou, rodando em volta. Em sua frente estava estirado um gigante pedaço de verde, o Central Park, repleto de torres imponentes com fachadas de granito. Ao longe ficava o escuro rio Hudson, e depois dele, Nova Jersey, a prima perdedora de Nova York.

Cate cruzou os braços.

— Bem, essa semana você vai ter que completar algumas... *provas*. E depois, no sábado à noite, as Chi Beta Phis votarão se você vai entrar no grupo ou não.

Stella olhou ao redor, imaginando-se comendo salada de atum com as Chi Beta Phis e decidindo quais roupas usariam na formatura da Ashton. Ela podia aguentar algumas provas, se fosse preciso. Finalmente concordou com a cabeça.

— Aqui está minha oferta — continuou Cate. — Você me avisa se Blythe estiver agindo de um jeito estranho, e pego leve com você nas provas. Combinado?

— Com toda a certeza do mundo. — Stella seguiu Cate até o elevador, as grades douradas brilhando sob a luz de cima. As portas se abriram e ela saiu num corredor de painéis de carvalho, andando um pouco mais rápido, dando pulinhos com seus passos. Ashton Prep era sua escola agora. Ela sentaria ao lado de Priya na aula de latim, mandando mensagens uma para a outra sobre o penteado da professora. Faria iogalates com Sophie e Cate na academia, tonificando seu corpo para o verão no iate do pai de Blythe. Ela agendaria uma reunião na sala de desenho, as Chi Beta Phis ao seu lado enquanto todo o primeiro ano nervosamente se apresentaria a Stella Childs, *A nova it girl* da Ashton.

Quando chegaram na aula de geometria, Stella viu Priya e Blythe no fim do corredor, apoiadas na parede cor de vinho perto da porta. As duas acenaram quando a viram chegando. Stella balançou os cachos, animada.

— Em sua primeira prova — Cate disse, empurrando três livros pesados para seus braços — *você* carrega meus livros.

Os livros espetaram Stella com força nas costelas. Cate deu uma piscadela:

— Temos que fazer com que acreditem nisso tudo. E tomei a liberdade de elaborar uma pequena lista de "tarefas" para você. — Ela correu até Blythe e Priya e as beijou nas bochechas.

Stella olhou para a pilha de livros, um pedaço de papel cor-de-rosa enfiado no do topo. Ela fechou os olhos, soltou um suspiro profundo, e devagar abriu o bilhete.

Da Parte De Cate Sloane

- Buscar as sapatilhas Jimmy Choo vermelhas reservadas na Bergdorf's. — Lily, a vendedora do quinto andar é quem deve saber delas. — Se Lily não estiver lá hoje, Brianna — ou Beatrice? (Não me lembro) — definitivamente estará sabendo.
- Procurar um lugar para minha festa de aniversário em novembro. — Ono, Megu e Tao estão no topo da lista, mas preciso de mais algumas opções. Pense em algo fabuloso! — Preciso de fotos digitais de todos os lugares postadas no meu álbum do Flickr até as 8 da manhã de amanhã. — Também preciso saber como seria o menu de uma festa para 50, 75 ou 100 convidados.
- Ligar para Frédéric Fekkai e agendar todas as minhas manicures, pedicures e cortes de cabelo pelo próximo ano. Manicures devem ser uma vez por semana, pedicures podem ser a cada semana e meia, e cortes de cabelo devem SEMPRE ser de quatro em quatro semanas (Meus folículos são muito exigentes).

Stella franziu a testa. Hoje estava carregando os livros de Cate e amanhã provavelmente estaria lixando seus pés com esfoliante de menta da Bliss durante o almoço. Quer suas provas fossem "leves" ou não, uma coisa era certa: Cate Sloane estava amando cada minuto dessa história.

Virando cisne

Terça-feira à tarde, Andie andava de um lado para outro no quarto de Lola, seus braços magros cruzados sobre o peito. Lola precisava de séria ajuda com garotos, e Andie não sabia muito bem por onde começar.

— O mais importante primeiro — disse Andie, parando na frente da cama, onde Lola estava sentada com Heath Bar no colo. — Tem que se livrar da bola de pelos!

— O quê? Não! — Lola gritou, apertando o gato mais ainda. Ele soltou um súbito miado, como se um lutador de sumô tivesse acabado de pisar em sua pequena patinha.

— Lola — Andie explicou —, menino nenhum vai querer falar com você se estiver segurando um gato de dez quilos. Não precisa se livrar dele literalmente, apenas não o carregue por aí.

— Certo, certo. — disse Lola, beijando o gato na cabeça. Ela o colocou gentilmente no chão e Heath Bar foi mancando para dentro do banheiro, com sua grande barriga balançando.

Em seguida, Andie examinou a roupa de Lola, parando atentamente na pálida blusa amarela da Gap. Ela procurou dentro de sua bolsa Alice + Olivia e tirou um rolo removedor de pelos. Ela o segurou no alto.

— Isso também significa nada de pelo de gato, nem unzinho sequer. Comprei isso para você, então de agora em diante tem que levar pra todo canto. — Andie passou o rolo pelas mangas da camisa de Lola e depois pelas costas. — E chega de pegar no gato. — Ela segurou o rolo na frente do rosto de Lola. Estava coberto de pelo laranja.

— Mas Heathy dorme na minha cama — disse Lola tristemente, passando uma das mãos na colcha.

Andie olhou em volta do quarto de Lola, fingindo não ter escutado. Depois da escola havia ajudado Lola a guardar seus livros e pendurar fotos de Starlett, a égua favorita do seu estábulo em Londres. Sua viola estava arrumada no canto, seus CDs (a maioria de música clássica — Andie ia ter que cuidar disso também) estavam organizados, e tinha uma fotografia de Lola e sua melhor amiga, Abby, apoiada no criado-mudo.

— Então, da próxima vez em que estiver com Kyle, vai querer que tudo corra bem — continuou Andie, colocando as mãos nos quadris com autoridade. — Precisa de um plano, desde o primeiro segundo em que o encontrar. O que vai fazer?

Lola olhou pela janela, observando um pombo com um pé só pular no peitoril de pedra.

— Acho que começaria dizendo olá — disse Lola pensativa. Parecia a resposta certa.

— Não! — Andie a corrigiu. — Vai dizer... — Andie parou dramaticamente e jogou o sedoso cabelo castanho sobre os ombros. — Oi... — Ela disse tão suavemente que era praticamente um suspiro.

Lola balançou a cabeça, as bochechas coradas.

— Confie em mim, — Andie continuou —, sei do que estou falando. Saí com Ben Carter por quase um mês. E Clay Calhoun gosta de mim, ele é um dos caras mais lindos de Haverford.

Ela não estava se gabando, era verdade. Garotos sempre gostavam dela, e nem precisava se esforçar para isso. Brett Crowley, um garoto da sua aula de desenho no MoMA, a tinha convidado para sair ano passado com um desenho da Mona Lisa com seu rosto. Não era uma representação totalmente fiel, mas era fofo mesmo assim.

— Oh — disse Lola. Ela se sentou mais ereta, impressionada com a experiência de Andie.

— Apenas pratique! — Andie mandou.

— Oi... — Lola disse com suavidade, mas quando jogou o cabelo, sua faixa escorregou pela testa.

— OK... talvez a gente deva começar por coisas mais básicas — corrigiu Andie. — Não pode suar nem ficar da cor de uma beterraba toda vez que falar com Kyle. E não pode ser tão desajeitada, apenas se movimente bem devagar. Se estiver se remexendo o tempo todo, ele vai saber que gosta dele.

Lola ajeitou o cabelo arrepiado, confusa.

— Mas eu *gosto* dele... — Não era essa a ideia? Ela queria que ele a levasse para um tour de ônibus pela cidade, ou que mostrasse o interior do Belvedere Castle, aquela estrutura de pedra assustadora no Central Park.

— Eu sei. — Andie suspirou. Era como se Lola tivesse estado doente durante todo o sexto ano, quando todo mundo descobre que garotos *gostam* de ser ignorados. Ela assumiu o ar mais paciente possível e inspirou profundamente. — Mas você não quer que ele saiba disso, pelo menos não por enquanto. Tem que *fingir* que não liga. Se ficar nervosa, apenas finja que Kyle é... — Andie olhou ao redor do quarto — o Heath Bar! — O bichano laranja estava no canto, lambendo os restos de uma rosquinha, de um prato no criado-mudo de Lola.

Lola se imaginou no tour de ônibus, olhando para o rosto peludo de Heath Bar enquanto aceleravam pelo Greenwich Village, a Washington Square passando. Ela soltou uma gargalhada. Seria *mesmo* difícil ficar nervosa se fizesse isso.

Andie começou a andar de um lado para outro de novo, como um detetive prestes a solucionar um caso particularmente difícil. O Caso de Lola Childs e seu Gene do Charme Desaparecido. Ela parou bem na frente de Lola.

— E quando estiverem andando lado a lado, sempre tem que estar a pelo menos sessenta centímetros dele. Assim vai sentir o seu perfume.

— Mas não uso perfume — lembrou Lola.

Andie tirou um pequeno vidrinho da Philosophy de dentro de sua bolsa e o jogou para Lola:

— Agora usa.

Lola espirrou o cheiro de baunilha no ar e se inclinou para a frente até a nuvem de perfume. Tinha cheiro de massa de bolo, ela fechou os olhos enquanto sentia o cheiro doce. Mas então ela franziu as sobrancelhas.

— Qual o problema? — Andie perguntou, uma das mãos nos quadris.

— Bem, isso tudo só vai funcionar se eu de fato vê-lo novamente.

— E?

— E depois que derramei sorvete nele todo, ele disse que tinha que ir para casa e trocar de camisa. — Lola encheu as bochechas de ar, como um daqueles peixes que incham quando estão na defensiva. — Não tive notícias dele desde então. E não vou ter mais — terminou desanimada, soltando o ar das bochechas.

Andie abanou as mãos, tranquilizando-a:

— Não se preocupe, isso foi ontem. Nunca ouviu falar do tempo dos garotos?

O tempo dos garotos era uma unidade de medida provada cientificamente. Depois que Ben Carter pediu seu telefone ano passado — com um bilhete escrito num papel de chiclete — demorou quase três dias para ligar. Andie estava louca de preocupação até que Cindy, cujo filme favorito era *As patricinhas de Beverly Hills,* apesar das roupas feias dos anos 1990, lembrasse a ela da regra de ouro revelada no filme: Garotos percebem o tempo de um jeito diferente. E não deu outra, Ben ligou no terceiro dia.

— E agora a parte mais importante — continuou, pegando o MacBook de Lola de sua mesa e colocando-o na cama. — Pesquisa.

Ela olhou desaprovadoramente para o papel de parede de Lola: uma foto de Heath Bar com um chapéu de festa de papel imitando um capacete de construção.

Uma mensagem instantânea piscava no canto da tela e Andie franziu as sobrancelhas.

— Por acaso esse Striker15 é... *Kyle?* — Ela lançou a Lola um olhar de eu-te-disse.

— Hum... é. — Lola murmurou. Ela se inclinou para o laptop e engoliu em seco. É claro, havia conversado com Kyle pela internet o verão todo, mas agora ele era um menino real. Um menino real e *lindo.* Moravam na mesma cidade e ela tinha acabado de derramar sorvete na camisa dele toda.

STRIKER15: EI

Ela encarou a tela piscando por um minuto. Seus dedos pareciam de chumbo. Ela fechou o laptop.

— É só dizer oi! — Andie incentivou, empurrando o laptop de volta a Lola e abrindo-o de novo. As palmas das mãos de Lola começaram a suar enquanto ela digitava as duas letras no teclado.

LOLABEAN: OI
STRIKER15: E AÍ?

Lola mordeu os lábios. Não podia contar a verdade a Kyle — *Ah, estou só de bobeira aprendendo a fazer você gostar de mim.*

STRIKER15: QUE FOI? HEATH BAR MORDEU SUA LÍNGUA? ☺

Lola parecia desorientada.

— Ignore-o por um minuto. Ele não vai a lugar algum. — Andie dobrou as mangas de sua camisa J. Crew azul-clara, o rosto sério. — Como eu disse, vamos fazer uma rápida pesquisa.

Ela abriu o Facebook e procurou por "Kyle Lewis". A foto de um garoto de cabelo castanho arrepiado tocando guitarra apareceu.

— Lola, ele é bonitinho! — Andie exclamou.

Lola ajeitou sua faixa de cabelo:

— Eu disse — balbuciou ela.

STRIKER15: VARAPAU? TÁ AÍ?

— Isso é perfeito. — Andie continuou, apontando para a parte dos "Interesses Pessoais" de Kyle. — Está vendo, tem tudo aqui: futebol, milk-shake de chocolate, snowboard, hóquei no gelo, a grama do Central Park, hambúrgueres do Corner Bistro, ah meu Deus, ele gosta do The Shins! — Os olhos de Andie se acenderam. — Diga que está ouvindo *Wincing the Night Away*.

— O quê? — Lola perguntou confusa.

— Escreva exatamente isso! — Andie mandou, cutucando Lola nas costelas. Lola digitou a mensagem devagar, exatamente como Andie disse.

LOLABEAN: OUVINDO WINCING THE NIGHT AWAY
STRIKER15: GOSTA DO THE SHINS? SOU OBCECADO POR KISSING THE LIPLESS.

— Eca! — Lola estremeceu.

— Não, Lola. É uma música, é boa. Diga que adora essa também.

LOLABEAN: ADORO ESSA MÚSICA TB!

Houve uma grande pausa e Lola mordeu os lábios, esperando que Kyle não fizesse outra pergunta. Ela se sentia como se tivesse ido fazer a prova de matemática mais difícil do ano sem estudar, e agora tinha que colar da Andie.

STRIKER15: ☺

— Está funcionando! — Lola bateu palmas.
— Tá vendo? — Andie disse, alisando sua franja. — Eu te disse! Pergunta se ele gosta de Iron & Wine. Se ele gosta do The Shins provavelmente gosta deles também.

Lola se endireitou e começou a digitar mais rápido no computador.

LOLABEAN: VC GOSTA DE IRON & WINE?
STRIKER15: SÃO DEMAIS.
LOLABEAN: EU SEI!!!!!!!

— Lola — Andie riu —, tente não usar tantos pontos de exclamação.

Lola sorriu. Teria usado um milhão de pontos de exclamação se pudesse. Não ficava empolgada assim desde que conhecera J.K.Rowling na Barnes & Noble de Londres.

LOLABEAN: QUER SAIR NA QUINTA?

Lola segurou a respiração, esperando a resposta de Kyle.

STRIKER15: QUERO.

Lola soltou um gritinho e jogou os braços magros em volta de Andie, abraçando-a com força.
— Você é brilhante! — gritou.

Amanhã faria exatamente o que Andie tinha lhe ensinado: jogar o cabelo, usar perfume, falar de futebol, de snowboard e até de *Kissing the Lipless*. E até o fim do dia... bem, talvez também beijasse.

Se não tem pão, que comam brioche

Não importava que Stella fosse quase uma nova-iorquina oficialmente — hoje ela se sentia como qualquer outra turista abobalhada. Era quarta-feira à tarde e estava andando pelo Soho, procurando a Greene Street Bakery. Estava cansada, com calor e suada. Duas garotas francesas pararam de repente na vitrine da Prada para olhar o exército de manequins impecavelmente vestidos. *"Magnifique"*! Uma disse, apontando algo dentro da loja. Pela primeira vez na vida, Stella viu o logo da Prada e continuou andando, como se fosse mais uma Ann Taylor Loft da vida. Eram quase 5 horas e ela tinha uma missão.

Stella dobrou a esquina e desceu a Greene Street. Escadas de incêndio estavam soldadas em imensos prédios bege, e as calçadas de pedra lembravam-na do Covent Garden, em Londres. Com alguma sorte chegaria à confeitaria antes de fechar. Ela imaginou as meninas relaxando no quarto de Cate, rindo da plástica de nariz de Hailey Plick (a que ela fez para "respirar melhor"). Stella apertou os dentes. Essa história de iniciação estava cansando rápido.

Tinha completado as quatro primeiras "provas" ontem depois da escola. Tinha tido que correr até o Jojo's na rua 64 para buscar uma salada de aspargos quente, porque Cate não queria o ravióli de lagosta que sua chef, Greta, tinha feito. E a lista estava se multiplicando mais rápido que nerds nos campeonatos estaduais de matemática. Hoje, Stella havia não apenas carregado seus livros, mas também sua gigantesca nécessaire de maquiagem da Chanel, encontrando Cate depois de cada aula para que ela retocasse seu pó bronzeador. Depois da escola, Cate tinha pedido sanduíches de presunto e queijo Gruyère para quando as Chi Beta Phis chegassem. Stella tinha perguntando se Greta podia fazê-los, mas Cate insistiu que queria um lanche com um toque "mais pessoal". Agora Stella finalmente estava no Soho, meia hora atrasada para seu encontro com uma mulher chamada Celine Khan, alguém que Cate tinha chamado de "a Vera Wang dos bolos de casamento".

Ela chegou ao prédio faltando um minuto para fechar e bateu com força na porta escura de madeira. Uma mulher jovem colocou a cabeça para fora e franziu o nariz.

— Desculpe, estamos fechados — disse, e desapareceu. A porta se fechou com barulho.

O coração de Stella disparou. Havia feito tudo que Cate pedira, até fingiu que ficava *feliz* em temperar a salada de Cate e lavar à mão suas lingeries. Mas aquilo era só porque sabia que sábado estaria *dentro*. Mas se não levasse de volta as amostras de bolo... estava tudo acabado. Esqueça rabiscar no caderno de Priya durante o almoço, esqueça reuniõezinhas ou almoço no MoMA — seria ela, Myra Granberry e o bigode de Myra daqui em diante.

Ela bateu com determinação na porta, uma vez atrás da outra, até as juntas dos dedos doerem. Finalmente, a mulher a abriu, suas sobrancelhas excessivamente finas inclinadas em duas linhas retas. Stella sorriu com doçura:

— Sou Stella Childs. Tinha uma reunião com Celine para o casamento Sloane-Childs?

Vai fazer isso, Stella pensou, tentando alcançar o cérebro da mulher por osmose. *Quer me ajudar.*

A mulher limpou as mãos no avental, que estava coberto de tanta farinha que parecia que tinha ficado entalada numa tempestade de neve.

— Sou Celine, mas a reunião era há meia hora. Por que não dá uma ligada amanhã? — Celine começou a fechar a porta.

Stella soltou um longo suspiro e colocou uma das mãos na porta antes que fechasse, resignando-se a usar a tática que sempre funcionava.

— Puxa, que pena. Minha mãe, *Emma*, vai ficar decepcionada. — Stella observou o rosto de Celine enquanto juntava o nome ao sobrenome. *Emma* do casamento Sloane-*Child*s. — Ela queria que o bolo estivesse ao seu lado na matéria para a *Vogu*e, eles estão cobrindo o casamento. Acho que vamos ter que usar outra confeitaria...

Stella cruzou os braços sobre o peito, esperando Celine ceder. Não era uma mentira completa — mesmo se a *Vogue não* estivesse cobrindo o casamento, sua mãe ainda *era* Emma Childs.

— Deixe-me ver o que posso fazer. — Celine finalmente disse. — Não deixaria que sua mãe tivesse que procurar outro lugar. — Celine lentamente deu um passo para o lado e abriu a porta.

Stella entrou na loja, suas largas mesas de madeira cobertas de bolos que fariam Willy Wonka parecer um desleixado. Um estava cheio de rosas vermelhas de açúcar tão perfeitas e imensas que pareciam saídas de uma fábula dos Irmãos Grimm. Outro bolo tinha o formato de uma fortaleza de cinco andares, cercado por um fosso azul de cobertura. Um soldado de marzipã estava sendo comido por um crocodilo.

Stella respirou fundo o cheiro doce de massa de bolo e sorriu. Hoje dominando a Green Street Bakery, amanhã, a Ashton Prep. Nada poderia detê-la agora.

Cate se esparramou pela cama queen-size, seu queixo apoiado nas mãos.

— Como foi o filme? — perguntou, estudando o rosto de Priya.

— Já te disse, foi legal. Por que está tão obcecada com o filme? — Priya lançou a Cate um olhar de curiosidade. Então se voltou para o Mac de Cate, onde clicava pelas fotos de sua irmã Veena no Flickr.

— Estava pensando em assistir — mentiu Cate. Ela olhou a *Teen Vogue* aberta em sua frente, como se estivesse realmente interessada no que o cabeleireiro de Miley Cyrus tinha a dizer. Sophie e Priya haviam lhe dito duas vezes que estavam no cinema da rua 86 quando ela ligou segunda-feira. Mas Cate não conseguiu deixar de se perguntar se estavam mentindo, e se Blythe estava com elas. Blythe ainda não havia explicado para onde fora depois da Barneys.

Cate fechou a revista e sentou na cama. Blythe estava ao lado de Sophie no sofá, tirando seu esmalte. Pequenas bolas de algodão cobertas de esmalte amarelo-claro estavam espalhadas numa toalha parecendo pipocas.

— Então, não vai me contar pra onde fugiu no outro dia, vai? — Cate perguntou, acusadoramente.

— Não posso. — disse Blythe, encarando a unha do dedo mindinho. — Quer deixar isso pra lá, por favor?

Sophie começou a zumbir, como sempre fazia quando queria disfarçar silêncios desconfortáveis.

Cate continuou sentada na cama, irritada. Blythe decididamente estava armando alguma. Mas talvez não tivesse nada a ver com Priya e Sophie. Talvez estivesse andando com outro grupo de garotas. Madison Sheckner era uma possibilidade — tinha ciúmes de Cate desde o quinto ano, quando em vez dela Cate conseguiu o papel principal de *Annie*. Também tinha Taylor McCourt. Ela havia passado por uma transformação de patinho-feio-para-cisne no verão passado, e estava juntando um novo grupo de amigas desde então.

Sophie continuou zumbindo. Parecia uma estranha mistura de Rihanna com Josh Groban.

Cate rangeu os dentes:

— Para com isso, Sophie — estourou. Sophie olhou de lado para Blythe, que apenas encolheu os ombros.

— Veena não está simplesmente linda nessa foto? — Priya virou o laptop para que Cate visse a foto de Veena numa festa de Halloween em Yale, vestida como uma policial vulgar. Ela olhou para Sophie, Blythe e Cate, que estavam em silêncio. — O que comprou na Barneys ontem? — perguntou, claramente tentando quebrar o gelo.

— Bem... — Cate respondeu devagar, o corpo se animando enquanto mentalmente enumerava as compras. — Comprei essa blusa. — Ela apontou para a blusa de seda branca.

— Da Theory? — Sophie perguntou, estudando os detalhes vazados da gola.

— Precisamente. — Cate se levantou da cama e desapareceu dentro do armário. Ela voltou com dois outros cabides, um com um vestido tomara que caia verde, outro com uma blusa sem mangas amarelo-canário de chifon. Ela jogou as peças em cima da cama para que as garotas pudessem admirar tudo adequadamente. Não havia experimentado nada na Barneys, mas, como qualquer compradora experiente, sabia que estilos e tecidos de cada marca funcionavam nela. (Saia com barra de renda da Nina Ricci? Não, muito obrigada! Vestido envelope DVF de seda? Sim, por favor!).

Sophie foi até o vestido, alegremente tocando a bainha impecável.

— Oh, vi esse aqui no site da Theory, fiquei apaixonada! — exclamou.

— Disse a ela que devia usar o vestido no almoço das calouras — interrompeu Blythe do sofá. — Fica lindo com seu tom de pele.

Cate olhou para Blythe, satisfeita. Traidora ou não, ainda era a melhor em puxar o saco.

— Ainda tenho que comprar uma roupa para usar. — Priya mordeu os lábios.

Cate apoiou uma das mãos no pulso de Priya:

— Tem que ir na Searle. Vi um vestido na vitrine e consigo imaginar perfeitamente você usando. Era curto, com mangas abertas vermelhas. Talvez pudéssemos todas ir de cores sólidas e vibrantes pra lançar moda.

Sophie concordou com a cabeça.

— Já tenho um vestido amarelo Diane Von Furstenberg que posso usar, e Blythe, pode usar seu vestido azul Marc Jacobs. Já estou adorando! — Sophie guinchou, pulando para cima e para baixo em seus saltos gatinha.

Cate colocou o cabelo castanho-escuro atrás da orelha e se imaginou desfilando porta adentro da sala de desenho na Ashton Prep, rodeada por Priya, Blythe e Sophie. Seus lábios se curvaram num sorriso satisfeito. Tudo estava exatamente como deveria ser: Cate estava fazendo os planos, e todo mundo obedecia.

Então Stella entrou no quarto de Cate, seus braços recheados de caixas rosa-claro e verdes da confeitaria.

— Espero que estejam com fome! — exclamou. — Tenho bolos de sobra para nós.

— Não gosto muito de doce. — Cate disse franzindo o nariz. — Mas obrigada. Pode colocá-los logo ali. — Ela apontou a pequena mesa de café em frente de seu sofá.

Stella fuzilou Cate com os olhos, resistindo ao impulso de abrir uma caixa de bolo e atirar uma fatia bem no meio de seu perfeito rosto pálido. Ela colocou as caixas na mesa e Sophie, Blythe e Priya rodearam a delicada mesinha estilo casinha de bonecas. Stella abriu uma das caixas.

— Eu gosto de doces. — disse Sophie, fechando os olhos. — Que cheiro maravilhoso.

Stella colocou algumas mechas de cabelo atrás da orelha e apontou os diferentes bolos:

— Esse de maracujá é para você Priya. É o sabor favorito de Harry também, serviram na sua festa de ano novo, no palácio.

Priya se inclinou por cima da fatia e sorriu, impressionada.

— Está falando do *príncipe Harry*? Vai nas festas de ano novo dele?

— É claro, nossos pais são amigos. — Stella sorriu antes de passar ao próximo bolo. — Esse é de café com coco para você, Blythe. Baunilha e caramelo para Sophie, e peguei um de avelã para você, Cate, mas acho que vou ter que comer eu mesma. — Stella pegou a pequena fatia de bolo de avelã e deu uma mordida, fechando os olhos, deliciada.

Priya enfiou um pedaço do bolo de maracujá na boca, os olhos escuros se arregalando:

— Isso é incrível! — gritou. Ela se virou para Cate e movimentou a boca sem som, *Adoro ela*! Por cima dos ombros.

Cate assumiu seu melhor sorriso falso, o mesmo que usara quando sua tia-avó Clara lhe dera uma miniestufa de aniversário.

Foi quando alguém bateu na porta.

— Entre! — Cate disse. — Menos se for Lola ou Andie — murmurou baixo. Priya riu.

Winston entrou no quarto, passando uma das mãos por seu grosso cabelo grisalho.

— Oi meninas! — disse para o grupo, e então olhou para Cate. — Pegou as amostras da confeitaria?

— Sim! — Stella falou, passando uma caixa fechada para Winston. — *Esses* são para vocês. A moça da confeitaria disse que seu favorito é de maracujá, com cobertura de creme, e ficaria lindo no formato que mamãe escolheu.

Winston pegou a caixa das mãos de Stella e inclinou a cabeça de lado:

— Obrigado, *Stella*... — E deu a Cate um olhar severo. — Cate, posso falar com você um minuto? — Ele indicou com a cabeça o corredor. Cate apertou os olhos para Stella.

Cate seguiu seu pai até o corredor. Winston levantou a caixa rosa-claro no alto.

— Cate, as amostras de bolo eram sua responsabilidade. Ela mordeu os lábios.

— Mas papai, eu estava ocupada.

Winston apertou os olhos para ela:

— Ocupada andando com suas amigas?

Cate passou os dedos pelo relevo da parede.

— Não... fazendo meu dever de biologia também. — Ela olhou para seu pai, esperando que ele amolecesse. Ano passado ela tinha deixado as garotas cortarem todas as camisas Zegna dele para fazerem peças exclusivas para a festa Bon Voyage do ginásio. Seus esforços estilo *Project Runway* não tinham vingado, mas Cate tinha precisado de apenas quatro minutos para que a raiva de seu pai passasse.

Winston sacudiu a cabeça.

— Quando te peço para fazer alguma coisa, é para *você* fazer. Nada de jogar suas responsabilidades em cima de Stella. Ela já tem o suficiente com que se preocupar.

Por que ele estava tão preocupado com Stella, e quanto a ela?

— Com o quê Stella tem que se *preocupar*? Desde que chegou aqui, age como uma princesa. — Cate disparou com raiva. Normalmente nunca aumentava o tom de voz com o pai, mas já era demais. Stella não estava fazendo lavagem cerebral apenas em suas amigas, estava fazendo em seu pai também.

Os lábios de Winston se fecharam numa linha.

— Cate, você não sabe nem da metade. As meninas saíram de Londres sob... circunstâncias ruins. O pai delas estava tendo um caso, com uma cantora, Cloud alguma coisa.

— Cloud McClean? — Cate guinchou, as letras bregas de "Kick It" rodando em sua cabeça. Cate tinha visto Cloud McClean na *Vanity Fair* desse mês, empolgada com a festa de seu aniversário de 23 anos na EuroDisney, e sua nova linha de calcinhas fio dental com brilho. O duque tinha fugido com *ela*?

Winston parou.

— Por favor, não comente. Não devia nem ter te contado. Mas espero que agora possa ser um pouco mais... *afável*. Emma e as garotas passaram por muita coisa esse ano. — Ele apertou os ombros de Cate com firmeza, como se a estivesse despachando para uma missão humanitária. Depois beijou sua testa e desceu as escadas.

Ela voltou para o quarto, as palavras do pai rodando dentro de sua cabeça. As garotas estavam em volta de Stella, que se gabava de todos os bailes de gala a que tinha ido no Palácio de Buckingham com seu pai, *o duque*. Agora que Cate sabia da história toda, se sentiu um pouco mal por Stella. Mas agora também sabia a verdade: que toda a conversa de Stella sobre ter se "cansado" de Londres, e sobre como seu pai da realeza era fabuloso, era *tudo mentira*. Sobre o que mais andara mentindo?

— Tudo bem? — Stella perguntou, lançando a Cate um olhar inocente. Cate enfiou as unhas em suas palmas e olhou de Stella para Blythe. Stella estava enfiando um pedaço de bolo numa das mãos de Priya, e Blythe estava espalhada no chão com Sophie, pintando suas unhas dos pés. Cate não sabia quem era menos confiável.

— Tudo ótimo — disse alegremente, dando a Stella um sorriso doce. Blythe ainda era uma ameaça. Então por enquanto, precisava de Stella no grupo. Mas ainda assim, ali estava Stella...

PARA: Blythe Finley, Priya Singh, Sophie Sachs
DE: Cate Sloane
DATA: Quarta, 21h18
ASSUNTO: RE: Democracia Já

Oi CBPs,

Só um lembretezinho sobre as regras das provas de Stella. Se ela falhar numa única missão, significa uma falha total, e seu processo de iniciação vai ser cancelado imediatamente. Capisce?

Sua presidente,
Cate

As palavrinhas mágicas

Quinta-feira à tarde, Andie e Lola estavam paradas na rua do outro lado do Bryant Park. Elas olhavam enquanto Lilianna Crosby, a atriz que tinha adotado uma criança de quase todos os continentes, entrava numa imensa tenda branca, dois bebês apertados numa trouxa em seu quadril. Homens de camisas pretas da IMG protegiam a entrada, repetindo ordens de seus fones de ouvido como se estivessem tentando pousar uma nave especial de três toneladas no meio da Quinta Avenida.

— Não sei não — disse Andie, puxando a barra da sua saia cinza Zac Posen. Hoje, enquanto Emma e Winston estavam ocupados organizando os lugares para os convidados com Gloria, Lola sugeriu que as duas entrassem no desfile do Alexander Wang, para dar a Andie seu primeiro gostinho do mundo fashion. Ela tinha achado todas as informações necessárias na agenda de Emma. Era uma boa ideia, na teoria, mas não tinham convites, nem credenciais de imprensa, e eram pelo menos dez anos mais jovens do que todo mundo que entrava.

— Essa é sua chance! — Lola apertou os pulsos de Andie e a puxou pela rua, quase fazendo com que as duas fossem atropeladas por um Lincoln preto e virassem panquecas.

Andie e Lola se enfiaram pela entrada lateral e correram para dentro da tenda, quase colidindo com uma mulher usando um chapéu pequeno, que parecia um pouco demais com um beija-flor morto. Elas rapidamente desapareceram na multidão, apertando-se no meio de um grupo de pessoas. Passaram por Curtis Harding, vocalista dos Demon Landlords, segurando as mãos de uma garota que parecia a Sininho. Um repórter alemão se empurrou até eles e enfiou o passe de imprensa na cara de Curtis:

— *O que há novo para oz Demon Landlordz?* — gritou.

Andie encarou a comprida passarela branca, impressionada. Na primeira fila, uma moça pequena de cabelo loiro ondulado olhava o programa. Era *Kate Moss*. Andie enfiou as unhas no braço de Lola.

— Isso é inacreditável — sussurrou. Ela havia esperado anos pela chance de estar no mesmo ambiente que sua ídola, e agora estava a apenas alguns metros de distância. Ela respirou fundo, esperando absorver um pouco do carma profissional de Kate.

Lola bateu palmas.

— Eu te disse! — gritou. E elas foram até o fundo da sala.

Arden Porsche, a socialite de Nova York famosa por seu gênio, discutia com uma mulher de franjas pesadas:

— Olha sua listinha de novo — disse Arden, batendo na prancheta da mulher. — Eu deveria estar na primeira fila, não na terceira. Na *primeira*.

Lola e Andie passaram pelas cadeiras dobráveis brancas cheias de rostos familiares. Elas se esconderam atrás de duas meninas parecidas com modelos atrás da última fila. Uma usava um macacão listrado que a fazia parecer um pirulito de cinquenta quilos, a outra usava uma camiseta preta estrategicamente rasgada mal cobrindo seu sutiã verde-neon.

— Ouviu falar alguma coisa sobre a coleção de Alexander? — A modelo de macacão perguntou à amiga.

— Parece que foi inspirada no banheiro da suíte dele. Tipo frio, duro e lustroso — disse com importância a garota de camiseta rasgada.

Andie examinou a sala, seus olhos pararam numa mulher sentada do outro lado da passarela. Seu cabelo era tão longo e grosso que ela parecia ter um cobertor preto em volta dos ombros.

— Lola! — Andie gritou, um pouco alto demais. — Aquela é Ayana Bennington! É uma das maiores agentes do mundo!

— Eu sei, ela tenta representar minha mãe há séculos. — Ajeitou a faixa de cabelo. Andie tinha cedido e deixado Lola usar a faixa, mas só se ela pudesse escolher qual. Havia jogado a azul da Duane Reade no lixo da cozinha (para Lola não se sentir tentada a pegar de volta) e colocou em seu lugar uma da Burberry. Não era perfeito, mas dava pro gasto.

Andie se endireitou e ficou na linha de visão de Ayana. Era apenas uma questão de tempo antes de ela notá-la. Andie seria sua melhor cliente — a modelo que mudaria a indústria, transformando "mignon" na nova "alta".

Foi quando Andie sentiu um tapinha nas costas. Um homem com longos cabelos pretos e óculos com aro de tartaruga estava parado atrás delas, mastigando a ponta de um lápis. Suas pernas finas estavam enfiadas num par de jeans skinny preto e sua barriga arredondada caía levemente por cima do cinto de tachas. Ele parecia um ovo em cima de dois palitos.

— OK, oi — murmurou ele, apontando o lápis para Andie, depois Lola. — Presumo que fugiram da tenda creche? Deixe-me lhes mostrar a saída, o desfile está quase começando e não sou pago nem perto do suficiente para ser babá.

A modelo de macacão soltou uma gargalhada. Algumas pessoas da última fila se viraram para ver o que estava causando a comoção. O rosto de Andie corou. Não era esse o tipo de atenção que queria.

— Nós, hum — balbuciou, olhando para Lola, que contorcia as mãos nervosamente.

— Por favorrrr — disse o homem, circulando o lápis no ar. — Não tenho tempo para joguinhos de pessoazinhas. Ou coloco vocês pra fora ou a polícia vai colocar. — Ele se virou e foi andando até a saída.

Andie olhou para a multidão em sua frente. Um casal do outro lado da passarela olhou por cima dos seus programas. Uma mulher num casaco de alpaca comprido apontou. Andie encarou a cabeça de Kate, rezando para que não se virasse. OQKF? Mas havia apenas uma coisa a fazer: sair graciosamente. Rápido.

— Anda — sussurrou Andie, agarrando uma das mãos de Lola. — Temos que ir. *Agora*. — Ela tentou cobrir o rosto com o cabelo, como uma criminosa evitando ser vista pelas câmeras. O ovo em cima de palitos provavelmente ia tirar sua foto e mandar por e-mail para o Gawker.com, o metido blog de notícias de Manhattan, com uma legenda de como duas garotas de 12 anos sem-noção acharam que podiam entrar escondidas na Fashion Week. Esqueça ser modelo. Esqueça achar um agente. Andie Sloane estaria na lista negra da indústria para sempre.

Lola parou de repente.

— Não podemos ir embora — disse para as costas do ovo no palito. — Estou aqui pela minha mãe, Emma Childs.

Ele se virou e fez um biquinho, duvidando. Ele analisou o corpo esguio de Lola, seus olhos parando no cabelo loiro arrepiado.

— Emma Childs... a *supermodelo?* — perguntou maliciosamente. E então murmurou baixinho: — E eu sou o irmão mais novo e bonito de Christy Turlington.

— Sim, Emma Childs, *a supermodelo* — resmungou Lola. Havia apenas uma outra Emma Childs. A apresentadora dentuça de *Sleeping with Simians*, um programa do *Animal Planet* sobre macacos. Ela mexeu em sua bolsa, achou a carteira, e mostrou a foto dela com a mãe num iate no sul da França. — Está vendo? — disse, como se fosse seu convite oficial para o desfile. — Sou eu e minha mãe. Ela não pôde vir no desfile, então quis que viéssemos em seu lugar.

Ovo no palito mordeu o lápis de novo.

— Esperem aqui.

Ele marchou pela passarela e sussurrou no ouvido da mulher com a prancheta. Então voltou, seu rosto mais gentil do que antes.

— Sinto muitíssimo pela confusão — disse, desculpando-se, juntando as mãos como se estivesse rezando. — Sou Anton Von Kleet. Vamos deixar vocês duas um pouco mais... *à vontade*. Sigam-me. — Ele andou por um corredor estreito. Lola sorriu. O nome de sua mãe sempre tivera poderes mágicos.

Elas seguiram Anton até o fim da passarela, onde Arden Porsche estava sentada na primeira fila com uma amiga gorducha. A saia de Arden era tão apertada que suas pernas estavam ficando azuis.

— Desculpem, mas precisamos desses lugares. — Anton disse com rapidez. Ele olhou ao redor enquanto falava, como se Arden fosse um urso que o comeria vivo se fizesse contato olho no olho. — Temos algo para vocês algumas fileiras atrás.

Arden olhou de Andie para Lola, uma das mãos apertando a garrafa de água de plástico.

— Não vamos a lugar nenhum — grunhiu. E com isso, esvaziou o conteúdo da garrafa de água nas botas de crocodilo de Anton.

Anton apenas acenou uma das mãos no ar. Dois seguranças parrudos imediatamente chegaram e puxaram Arden e a amiga se debatendo dos seus assentos.

— Sabe quem é meu pai? — Arden falou por cima do ombro, enquanto era levada para fora da tenda. — Vou *acabar* com você!

— Senhoritas — Anton disse com calma, apontando os dois assentos vazios —, me avisem se precisarem de alguma coisa. Evian, Pellegrino talvez?

Andie balançou a cabeça e se endireitou na cadeira. Do outro lado da passarela, Ayana Bennington e sua assistente estavam levantadas, olhando melhor as duas meninas de 12 anos que fizeram Arden Porsche ser expulsa da Fashion Week.

Enquanto as luzes diminuíam, Andie agarrou o braço de Lola e apertou:

— Isso é incrível.

Não apenas tinham entrado, como agora eram VIPs. Depois do desfile estariam comendo caviar no Hotel Bryant Park com Vivienne Westwood. E na Fashion Week do ano que vem, Andie estaria chamando Dolce & Gabanna pelos seus primeiros nomes.

Lola olhou os rostos famosos na multidão. A batida de música eletrônica encheu a sala e a primeira modelo pisou na passarela num vestido de noite de vinil branco. Cem flashes de câmeras dispararam. Isso *era* incrível. E se as palavrinhas mágicas — Emma Childs — podiam conseguir a primeira fila na Fashion Week, podiam conseguir colocá-la em muitos outros lugares também. Ela olhou para Andie, depois para Ayana Bennington, que estava sussurrando para a editora chefe da *Bazaar*, e teve uma ideia. Era hora de testar realmente o nome de sua mãe.

PARA: Ayana Bennington
DE: Lola Childs
DATA: Quinta, 19h35
ASSUNTO: Futuras modelos

Querida Ayana Bennington,

Deixe eu me apresentar. Meu nome é Lola Childs e sou filha da Emma Childs (a supermodelo, não a apresentadora do Animal Planet). Foi maravilhoso vê-la no desfile do Alexander Wang essa noite! Como você, também tivemos a sorte de sentar na primeira fila.

Estou escrevendo porque minha irmã Andie e eu gostaríamos de encontrá-la para discutir nossas futuras carreiras de modelo. Tem algum horário disponível essa semana? Sei que minha mãe agradeceria muito (ela tem estado tão ocupada com o casamento que é difícil para ela ter tempo para escrever).

Até mais,
Lola Childs, Esq.

PARA: Lola Childs
DE: Ayana Bennington
DATA: Sexta, 8h58
ASSUNTO: RE: Futuras modelos

Olá Lola!

Que bom ter notícias suas. Falei com sua mãe algumas vezes e sempre fui grande admiradora de seu trabalho. Mande para ela todo o meu carinho.

Adoraria encontrar você e sua irmã. Essa semana está um pouco caótica com os desfiles, mas estarei no meu escritório por algumas horas na tarde de sábado. Poderiam passar, digamos, às quatro e meia? Estou muito ansiosa para conhecê-las.

Com carinho,
Ayana

Toda rainha precisa de uma corte

— Aqui estamos! — Cate parou na entrada de uma majestosa mansão de pedra na rua 77. Uma Mercedes preta estava estacionada na entrada circular, o motorista inclinado para fora da janela cortando as unhas. Ele parou quando viu Cate e Stella pelo retrovisor.

— Isso é uma escola? — Stella perguntou, enquanto dois garotos com impecáveis camisas azuis de botão e gravatas listradas subiam os degraus da frente. Depois da última aula, elas tinham cortado caminho pelo Central Park até o Upper West Side para sua última prova antes do voto no sábado. Cate tinha dito a Stella que seria "desafiadora", mas não tinha dado mais nenhum detalhe. Ela estava agindo como alguma apresentadora ruim de reality show, sendo desnecessariamente misteriosa para tentar criar suspense.

— Isso é Haverford. — Cate cruzou os braços sobre o peito e deu um sorrisinho. — É nossa escola-irmã. — Ela andou pela entrada circular e subiu as escadas até a porta arqueada, Stella seguindo-a. Havia uma elevação de pedra esculpida na parede ao lado das gigantes portas de carvalho com dois leões alados segurando escudos.

Elas entraram num saguão de dois andares. Duas escadas de mármore subiam encurvadas até o andar de cima e davam, cada uma, num dos lados da sala, que estava decorada com faixas azuis e vermelhas anunciando cada pequeno feito dos últimos trinta anos. Cate desceu pela esquerda num corredor de azulejos largos basicamente vazio, exceto por alguns garotos perdidos, fazendo hora depois das aulas. Um menino baixo com cabelo de cuia passou por elas, lutando com o peso de uma imensa mochila amarela. Ele olhou de uma garota para a outra como se estivesse testemunhando uma invasão alienígena.

— Onde estamos indo? — Stella perguntou, com uma aflição na voz. Andava tão ocupada com as provas — buscar as roupas de Cate da lavagem a seco, assar bolinhos e biscoitos para a feira de culinária da Junior Honor Society de Cate; que só ontem tinha ligado para Vera Wang para marcar um horário para as garotas experimentarem os vestidos de damas de honra. Ela esperava que essa próxima prova fosse fácil. Mas nada nunca era fácil quando se tratava de Cate.

— Ah, você vai ver... — Cate cantarolou, colocando o cabelo castanho-escuro num rabo de cavalo.

As garotas andaram em silêncio, até Cate finalmente parar do lado de fora do ginásio. Uma das portas tinha sido deixada aberta e Stella podia ver o time de basquete da Haverford treinando. Parecia que os garotos tinham sido geneticamente programados para o esporte — todos tinham no mínimo *um metro e oitenta*, e eram musculosos e adoráveis (talvez ser adorável não fosse um pré-requisito para jogar basquete, mas certamente fazia com que fosse bem mais divertido de assistir).

— Então, essa é sua prova final — disse Cate a Stella, cruzando as mãos. Olhando fundo nos grandes olhos verdes de Stella, quase se sentiu um pouco culpada. — Se fizer isso, já está dentro. — Cate presumiu que Stella fosse falhar, e então Cate mostraria sua generosidade perdoando esse único fracasso e deixando-a entrar assim mesmo. Dessa maneira, Stella seria grata e nunca esqueceria seu lugar na hierarquia da irmandade.

Ou se as outras meninas votassem contra Stella... bem, isso seria apenas o equilíbrio cármico.

Stella olhou de volta para os meninos na academia. Um loiro numa camisa escrita MAINE fez um arremesso de bandeja e a bola deslizou pela cesta.

— Manda — disse, encarando Cate de volta. Tinha conseguido fazer tudo até agora, o que era mais uma prova?

— Está vendo os shorts? — Cate continuou, indicando o ginásio. Todos os meninos estavam usando shorts azuis com uma listra vermelha na lateral. Na frente de cada um tinha um número impresso. — Aqueles shorts são marca registrada da Haverford. Preciso que roube todos os catorze pares e traga-os para mim até cinco e meia.

Cate mordeu os lábios de excitação. O time de basquete de Haverford era campeão estadual, e agiam à altura. Mal falavam com ninguém que não fosse do time, e todas as garotas do ensino médio da Ashton Prep tinham usado preto ano passado na semana em que Braden Pennyworth, pivô de Haverford, começou a namorar. Cate queria incorporar os famosos shorts do time ao guarda-roupa de ginástica das Chi Beta Phis. Todas na Ashton iriam morrer de ciúmes.

— Os que eles estão usando agora? — Stella engoliu em seco, tentando manter a voz firme. Ela se imaginou correndo em volta dos jogadores gigantes, tentando tirar suas roupas sem que percebessem.

Cate assentiu.

— Ah — acrescentou, se virando para ir embora —, estarei no Jackson Hole com Priya, Sophie e Blythe. Leve os shorts para lá... mas nem se dê ao trabalho de aparecer se não os conseguir. — Ela olhou Stella nos olhos, sorriu e então deu um tchauzinho de leve. — Boa sorte. Tô caindo fora mais rápido que a moda de sapatos pontudos. — Depois marchou pelo corredor de pedra vazio e desapareceu na esquina.

Lá dentro, uma bola de basquete entrou pelo aro e alguns garotos levantaram os braços e comemoraram. O que ela deveria fazer? Entrar no vestiário dos garotos no melhor estilo *Missão Impossível*, pendurada por ganchos e usando roupas de ninja? Stella pegou seu iPhone e olhou a hora. Eram quatro horas — o time provavelmente não acabaria o treino antes das cinco. Talvez pudesse comprar catorze pares de shorts na lojinha da escola, se é que existia uma. O ginásio ecoava com o barulho dos tênis no chão e a batida ininterrupta da bola quicando.

— Olha a cabeça! — Uma voz gritou. A bola de basquete pulou do chão brilhante de madeira em direção à cabeça de Stella.

— Mas que droga! — ela gritou, pegando a bola segundos antes de bater com tudo em seu rosto. O time inteiro estava paralisado na quadra, encarando-a. — Oi — disse baixinho.

O cara alto e loiro, que tinha feito o arremesso de bandeja, gesticulou para Stella jogar a bola de volta. Ela tentou fazer uma jogada boa, mas não fez força suficiente e a bola não o alcançou. De repente ela desejava ter prestado mais atenção nas aulas de educação física da Sherwood Academy em Londres, em vez de ficar rindo com Pippa e Bridget dos sovacos cabeludos da Srta. Reed.

Alguns garotos riram.

— Podemos ajudar? — O loiro alto perguntou, segurando a bola contra o peito.

— Hum... — Stella murmurou. Um menino com cabelos pretos até o ombro sussurrou alguma coisa no ouvido do sardento colega de time. — Estou aqui para tentar entrar no time. — Ela jogou os cachos dourados para trás dos ombros e deu a eles seu mais bonitinho e paquerador sorriso. Os garotos se entreolharam e gargalharam. Talvez essa prova não fosse impossível, afinal. Ela só precisava da ajuda de algumas pessoas. Catorze, para ser exata.

O Jackson Hole estava explodindo de garotas da Ashton Prep. Cate, Priya, Sophie e Blythe iam lá toda quinta-feira depois das aulas e sempre se sentavam na mesma mesa de canto, para poderem observar o recinto. Amber Haan, uma das veteranas mais bonitas, estava sentada com suas amigas numa mesa ao lado da janela, olhando com nojo suas tigelas de alface pura. Kimberly Berth, que tinha começado a se referir a ela mesmo como "Kimmy Kim" ano passado, passeava entre as mesas, deixando filipetas para o Clube do Mascote Escolar que estava começando.

Sophie mexeu numa pilha de batatas-doces fritas, seu aparelho apoiado na borda do prato.

— Quem quer se fantasiar de lince? — perguntou, olhando a filipeta. Priya estava sentada ao seu lado com um cotovelo na mesa, a mão esquerda tapando os olhos para não ver o redemoinho de ketchup e mostarda misturados que Sophie sempre fazia.

— Perdedoras. — Cate respondeu.

Ela olhou seu relógio de prata Crown of Hearts da Tiffany e depois para a sucessão de janelas do outro lado do restaurante. Eram 17h10, e Stella ainda não tinha chegado. Ela se recostou em sua cadeira e sorriu. Não tinha porque se sentir mal — tinha dado uma chance justa a Stella, e Stella sabia as regras. Se não conseguisse cumprir todas as provas, não podia entrar pra Chi Beta Phi.

— Estou me arrependendo do que pedi — gemeu Blythe, olhando seu sanduíche de frango à parmegiana. Tinham colocado muito molho dentro e agora o pão estava molhado e vermelho. Ela se inclinou sobre a mesa e roubou um pedaço do sanduíche de peito de peru de Priya. — Tenho que ir ao banheiro — disse, pegando sua bolsa Marc Jacobs azul-escura. — Sophie, quer vir junto?

Sophie enfiou o aparelho de volta na boca e começou a se levantar.

Cate arranhou as laterais de sua cadeira de madeira com as unhas. Na aula de inglês, Blythe tinha mandado mensagens para Priya duas vezes, e então fechou o telefone com pressa quando Cate perguntou sobre o que era. Se Stella não entrasse nas Chi Beta Phis, Cate ia ter que se cuidar — e ela não tinha olhos nas costas. Ela deslizou da cadeira e seguiu Blythe.

— Não, *eu* é que vou com você — ela interrompeu.

Blythe mordeu o lábio inferior.

— Hum... claro. — Ela jogou a bolsa sobre o ombro e foi em direção à pequena porta de madeira escrita SENHORAS. Cate seguiu-a até os fundos do restaurante, esgueirando-se pelas mesas muito próximas umas das outras.

Cate se espremeu pelo pequeno banheiro branco e fechou a porta. As luzes fluorescentes acima delas chiavam.

— O que ia dizer a Sophie? — ela exigiu saber.

— Nada — disse Blythe, parecendo confusa —, só ia pedir um de seus absorventes. — Ela passou os dedos pelo cabelo loiro-escuro. — O que há com você?

Cate cruzou os braços sobre o peito, irritada:

— Devia perguntar a mesma coisa a você.

Ela precisava colocar B.P. em seu devido lugar: *Ou é a segunda no comando, ou está fora*. Ela não queria expulsar Blythe, com ou sem peitos, das Chi Beta Phis. Mas se precisasse chegar a esse ponto, Cate faria. Seria obrigada...

— Sei o que está tentando fazer. — Cate se inclinou contra a porta do banheiro, uma das mãos em direção à maçaneta, apertando a tranca com um clique ameaçador.

— Do que é que está falando? — Blythe chiou, seu rosto laranja parecendo um pouco mais pálido do que normalmente.

— Daquele comentário na reunião. O revirar de olhos outro dia. Está planejando um golpe.

— Hum... está falando sério? — Blythe sacudiu a cabeça. — Não estou planejando um... golpe.

— Certo. Então onde é que foi depois da Barneys na terça? — Cate exigiu, batendo impaciente sua sapatilha Tory Burch no chão. Cate tinha confiado em Blythe desde o quarto ano. Ela havia sido a única corajosa o suficiente a entrar em sua casa depois de sua mãe morrer e a se sentar a seu lado enquanto chorava. Ela havia até levado um presente para Cate: Randolph, seu ursinho de pelúcia. Ela queria desesperadamente confiar em Blythe de novo, queria mesmo. Mas percebendo-a enrolando era como assistir a um daqueles canais de compras, Cate não conseguia engolir.

Blythe olhou para o teto e suspirou:

— Não posso contar — disse baixinho.

— Pare de mentir para mim! — Cate gritou. Ela sacudiu a cabeça e uma mecha de cabelo castanho-escuro caiu em seu rosto. — É mais falsa que uma bolsa de camelô!

— Ótimo! — Blythe estourou. Ela tirou a bolsa do gancho na parede e começou a mexer dentro dela. — Queria esperar até domingo, mas acho que vou ter que fazer isso agora, na porcaria do banheiro do Jackson Hole. — Ela enfiou uma caixa azul-turquesa numa das mãos de Cate, junto com um pedaço de fita de cetim branco embolada.

Cate encarou as pequenas letras na caixa que diziam TIFFANY & CO., ficando quieta de repente. Blythe estava se esquivando esse tempo todo... para comprar presentes para ela?

— Queria fazer uma surpresa... — Blythe murmurou. — No casamento. — Cate abriu a caixa. Guardado numa bolsinha de veludo estava um pequeno relicário de prata. — Sei que tem sido difícil para você com seu pai se casando novamente. E sei que gosta de usar algo de sua mãe o tempo todo. — Cate segurou a corrente de prata em frente do rosto. O relicário oval tinha uma pequena orquídea de prata gravada na frente. Era lindo. — Achei que poderia colocar uma foto de sua mãe dentro, e usar o tempo todo. Está vendo? — Blythe abriu o pingente. — Priya e Sophie me ajudaram a escolher.

Cate olhou o pendente, e depois de volta para Blythe. A mesma Blythe que tinha ficado acordada a noite inteira com Cate, ajudando-a a decorar as falas quando interpretou Titânia em *Sonhos de Uma Noite de Verão*. Ela tinha se sentado na primeira fila com o roteiro nas três apresentações, só para o caso de Cate esquecer alguma fala.

Cate sentiu um nó se formando na garganta.

— Obrigada, Blythe — disse suavemente, colocando o colar em volta do pescoço — é perfeito. — Ela se inclinou e abraçou a amiga com força, lágrimas enchendo os olhos.

Tinha sido tão estúpida. Blythe era a mesma amiga leal que sempre tinha sido, apenas tinha peitos maiores agora.

— Sinto muito. — Cate suspirou no ouvido de Blythe. Ela deu um passo para trás e enxugou uma lágrima dos olhos. — É idiota. Fiquei desconfiada por achar que estava cansada de ficar tão... nos bastidores. Tipo, na minha sombra.

— Não... — Blythe murmurou. Ela alisou a frente da sua camisa de botão de listras roxas.

Cate abriu a porta do banheiro, aliviada. Tudo estava de volta como deveria ser. Mas enquanto andava pelo restaurante, de repente se lembrou de que tinha sido Stella que havia plantado o começo de suspeita. *Devia mesmo tomar cuidado*, havia dito.

Stella é quem estava armando. Havia enganado Cate, para tentar entrar nas Chi Beta Phis.

Cate olhou seu relógio. Eram 17h25. Quando Stella passasse pela porta atrasada e de mãos vazias, isso tudo estaria acabado. Nada de perdão generoso por falhar em sua última prova. Nada. Tinham que ser irmãs, mas não precisavam ser amigas.

Cate sentou-se de volta e Blythe sentou a seu lado. Todos os pratos tinham sido retirados, mas Sophie pediu um milkshake e estava usando o canudo como se fosse um conta-gotas, pingando na língua pequenos pingos de morango. Ela parou de repente, seu olhar fixado em alguma coisa atrás de Cate. Priya estava olhando pela janela também, seus olhos castanhos arregalados.

— O quê? — Cate finalmente perguntou, virando-se em seu assento.

— Não acredito! — Sophie gritou.

Cate também não podia acreditar. Stella estava virando a esquina... *com o time de basquete de Haverford inteiro*. O alto e loiro Braden Pennyworth ia na frente, depois um menino com cabelo castanho raspado rente, seguido por um garoto que parecia gêmeo do Josh Hartnett. Cate contou 14 deles, e todos eram bonitos. Ela olhou seu relógio, com ultimas esperanças de que tivesse passado das cinco e meia.

Mas eram cinco e vinte e nove.

Braden abriu a porta de vidro do restaurante para Stella entrar. Cada uma das cabeças dentro do Jackson Hole se virou para a entrada enquanto Stella desfilava confiante pelo corredor central, a gola da camisa polo Lacoste vermelho-cereja levantada. Ela se aproximou da mesa, puxando a bainha da saia plissada do uniforme numa reverência:

— Disse para trazer os shorts — falou convencida, os olhos verde-oliva brilhando. — Espero que esteja tudo bem se o time ainda estiver dentro deles.

Cate apertou os dentes.

Priya olhou o sósia de Josh Hartnett.

— Com certeza está tudo bem! — gritou, lançando a ele um pequeno sorriso.

— Definitivamente... — Blythe jogou os ombros para trás, empinando o peito.

— Ótimo. — Stella manteve os olhos em Cate. — Este é Braden — disse, apontando o menino loiro — e esse é Ryan, Nate, Kevin, Drew...

Cate parou de prestar atenção depois do quinto nome. Odiava que *Stella* estivesse apresentando *ela* a Braden

Pennyworth. Era a mesma coisa que estar dizendo a ela qual metrô pegar até a Union Square, ou recomendar que experimentasse os waffles de abóbora da Sarabeth's.

Os garotos se juntaram ao redor da mesa. Blythe falava com cinco deles ao mesmo tempo, contando sobre seu verão na Grécia. Sophie e Priya se levantaram para conversar com Braden, cujos bíceps eram perfeitamente torneados, como se tudo que fizesse fosse comer, dormir e jogar basquete. Cate ficou em sua cadeira, sentindo que estava prestes a vomitar seu sanduíche de atum.

Ela apertou os olhos, tentando fingir que os garotos eram do clube de xadrez de Haverford, e Braden Pennyworth era apenas Fillmore Weitz, o garoto do nono ano de um metro e cinquenta com cara de pizza, que tinha tido a audácia de convidá-la para o baile da Haverford ano passado. Não adiantou. Braden Pennyworth ainda era Braden Pennyworth, e Stella ainda era loira, linda e determinada a conquistar seu lugar nas Chi Beta Phis.

Quando todos os garotos já tinham saído pelas portas de vidro, Stella puxou uma cadeira e se sentou junto à mesa — na *cabeceira* da mesa. Tinha conseguido: completou a prova final a tempo, e dado às garotas uma muito necessária dose de garotos bonitos. Estava praticamente dentro.

— Aimeudeusaimeudeusaimeudeus! — Sophie deu gritinhos, apertando as mãos contra o rosto. — Não acredito no que acaba de acontecer!

Priya continuava encarando Stella como se fosse uma celebridade.

— Como foi que fez isso? — perguntou, colocando os cabelos negros e brilhantes num rabo de cavalo.

— Viu aquele com o cabelo desfiado? — Blythe suspirou. — Drew? Toquei na barriga dele.

Cate pigarreou.

— Sabem de uma coisa, tecnicamente o desafio era *roubar* os shorts — ressaltou. — Se eu peço filé mignon, não posso aceitar carne enlatada.

Priya pegou o milk-shake de Sophie e deu um gole.

— Do que está falando? É claro que eu prefiro conhecer 14 caras da Haverford que mexer numa pilha de shorts de ginástica fedidos — riu.

— *Nunca* andamos com garotos — concordou Blythe.

Cate olhou para baixo, em direção à mesa desgastada, um pouco magoada. Tudo bem, Cate nunca tinha armado nenhum encontro com a Haverford, mas já tinham se esquecido da primavera passada, quando deu uma reunião na cobertura do Hotel W? Ou quando contratou um motorista para levá-las a East Hampton durante um dia, onde comeram ostras no Della Femina, ao lado de Natalie Portman?

— Vamos esquecer essa história de esperar até sábado para votar — acrescentou Priya. — Eu acho que Stella devia entrar. — Stella se endireitou na cadeira, parecendo satisfeita.

— Mas eu disse especificamente *roubar* — disse Cate desesperada. Ela olhou em volta em busca de aprovação, mas Blythe e Sophie estavam encarando a mesa, mantendo-se neutras como a Suíça. — Ótimo, então vamos votar — rosnou. Ela olhou para Sophie, que estava arranhando um S com o garfo na mesa. — Quem quer que Stella entre?

Priya e Blythe olharam para Stella e devagar levantaram as mãos.

Sophie ainda estava marcando seu S.

— Não quero votar — disse nervosa, balançando a cabeça. Desde o sétimo ano, quando Sophie se juntou à irmandade, sempre tinha votado igual a Cate. Sempre.

— Vai ter que votar — todas as quatro garotas disseram ao mesmo tempo.

— Tudo bem. — Sophie colocou o garfo na mesa, e então lentamente levantou uma das mãos. — Acho que Stella deve entrar — disse, com medo.

Cate soltou um longo suspiro.

— Tudo bem — disse Cate, derrotada. — Está dentro. — Ela se recostou e cruzou os braços.

— Obrigada! — Stella gritou. Ela pegou uma das mãos de Priya, cheia de alegria. Agora que era oficialmente uma integrante, era apenas uma questão de tempo antes de dizer a Sophie qual par de sandálias devia usar com seu vestido Cynthia Rowley azul, ou aconselhar Blythe a parar de usar tanto bronzeador. Stella nunca tinha sido boa em receber ordens, mas quanto a dá-las? Era algo que tirava de letra.
— Devíamos ir ao Pierre no sábado tomar chá e comemorar, dizem que é igualzinho ao Ritz — disse, confiante.

— Vamos. — Priya concordou.

Cate balançou a cabeça, fervilhando. Stella tinha entrado nas Chi Beta Phis e agora estava empacada com ela — para sempre. Cada reunião, cada liquidação exclusiva, cada domingo à tarde em Sheep Meadow, Stella estaria lá, andando com *suas* amigas. E quando alguém entrava no grupo por maioria de votos, estava dentro. Era praticamente impossível ser expulsa.

Ou não era?

De repente Cate se lembrou do dia seguinte ao *Procurando Nemo no gelo*, quando pegou o chapéu de Nemo que Beth

Ann Pinchowski tinha comprado e deu ao cachorro de Sophie para mastigar. Beth Ann tinha saído correndo do quarto de Sophie e parou de falar com elas completamente. Tinha virado amiga de Tabitha Ferguson, uma garota sem-graça com um grande espaço entre os dentes da frente.

Cate tirou seu iPhone da bolsa e o segurou na frente de Sophie.

— Sophie — disse alto, balançando o telefone no ar. — Me ajuda a escolher um toque novo?

Stella estava descrevendo o perfume de Braden Pennyworth, algo entre Old Spice e Drakkar Noir. Sophie se virou e tirou um pedaço de cabelo alisado castanho dos olhos.

— O quê? — perguntou, um pouco irritada.

— Preciso de um toque novo, estava pensando em usar aquela música nova, "Kick It". Da Cloud McClean? Sabe quem ela é, não é Stella? — Cate levantou as sobrancelhas sugestivamente.

Stella parou de falar, o rosto pálido. Primeiro se sentiu confusa, depois exposta, como se Cate tivesse tirado uma foto dela tirando meleca e mandado a todos os jornais de Londres. Cate sentiu uma pequena pontada de culpa. Era *meio* que um golpe baixo. Mas mentir e roubar amigas dos outros também eram crimes horríveis.

— Não vai usar essa música — disse Priya, girando sua cabeça. O brinco em seu nariz brilhou quando a luz bateu. — Ela usa *macacão colante*.

Stella se endireitou em sua cadeira e limpou a garganta. Queria se enfiar debaixo da mesa e chorar, mas nunca daria a Cate essa satisfação.

— Vocês não votam na líder todos os anos?

Blythe, Priya e Sophie todas se entreolharam, e depois olharam para Cate.

— Hum... sim, teoricamente. — Priya soltou uma risadinha nervosa. Sophie apoiou o queixo numa das mãos e começou a zumbir baixo.

— Devíamos ter uma nova votação. — Stella insistiu, olhando de uma garota para outra. Ela olhou diretamente para Cate e sorriu. Não sabia como Cate descobriu sobre o caso de seu pai, mas aquele comentário foi simplesmente cruel. E crueldade merece retaliação.

— Boa ideia — concordou Blythe, colocando o cabelo atrás da orelha. — É um ano novo... e estamos no ensino médio agora.

Cate enfiou as unhas em suas palmas. Blythe estava concordando com isso tudo? Devia estar com raiva do interrogatório no banheiro. Nenhuma delas estava raciocinando direito — queriam mesmo uma inglesa aleatória mandando nelas? Estariam bebendo chá todo sábado durante os próximos quatro anos, seus dentes lentamente ficando amarelos.

Priya inclinou a cabeça de um lado para outro:

— Sim, vamos nessa — disse.

Sophie concordou lentamente com a cabeça.

— Ótimo — gritou Stella, batendo as mãos e sorrindo. — Então está combinado. Podemos votar no Pierre, sábado. — Ela deu a Cate um sorriso doce.

Cate cerrou os punhos. Stella estava atrás do seu trono. Agora era guerra *pra valer*.

Conquistando o príncipe encantado

Lola se inclinou mais para perto do rosto brilhante de Elton John, observando o espaço entre os seus dentes da frente.

— Parece tão real — disse baixinho.

— Achei que já tinha ido no de Londres. — Kyle jogou sua franja sobre a testa. Ele passou por um boneco de cera da Tina Turner e tocou seu cabelo. Ela parecia ter sido atacada por um frisador.

Tinham decidido ir ao museu de cera Madame Tussaud essa noite, enquanto os pais de Kyle iam ver uma nova peça off-off-Broadway onde um homem desmontava uma televisão enquanto cantava ópera.

— Não, nunca fui — respondeu Lola, encarando Kyle um segundo a mais que o normal.

Desde sua "aula" na terça-feira, Lola estivera praticando o tempo inteiro — jogando seu cabelo em frente ao espelho e andando pela calçada tão devagar que uma senhora de bengalas a havia ultrapassado. Ela tinha até decorado letra por letra o artigo do Wikipedia sobre futebol e sabia todas as posições em campo (goleiro, atacante, centroavante, zagueiro). Estava pronta.

Kyle cheirou o ar como um cachorro tentando identificar um cheiro.

— Fico sentindo cheiro de massa de bolo de baunilha aqui dentro — disse. — Esquisito.

— É só meu perfume. — Lola disse suavemente, jogando os cabelos para trás do ombro de um jeito sedutor, como Andie tinha mostrado. Estava usando seu par de jeans Gap favorito, os únicos que cobriam seus tornozelos, e uma das "blusas casuais" de Stella — uma berrante blusa de seda verde. Essa manhã tinha sido melhor que a de Natal. Tinha achado as caixas desaparecidas de Stella embaixo de sua cama — VESTIDOS III E PRODUTOS DE BELEZA — bem a tempo de se arrumar para o encontro. Estava considerando isso como pagamento de Stella por andar com Cate a semana toda.

— Desde quando usa perfume? — Kyle perguntou, franzindo as sobrancelhas. Ao lado deles, três garotos mais velhos com casacos da Mahwah High tentaram olhar por baixo da saia de paetês de Tina Turner.

— Desde sempre — disse Lola, virando-se rapidamente. Seu rosto estava quente e vermelho. Ela se sentiu um pouco idiota encenando tudo, mas parecia estar funcionando. Kyle já havia elogiado sua camisa, dizendo que estava parecendo tão... *feminina*. Ele não tinha tocado no assunto do sorvete desastroso, tampouco. Era como se estivesse com amnésia seletiva, esquecendo só o que Lola queria que esquecesse.

— Olha! — Ela gritou, vendo algumas velhas amigas. — As Spice Girls! — *Scary Spice* estava mostrando a língua, com um piercing de prata. Victoria Beckham estava agachada na pose de *Posh Spice*, seus braços levantados acima da cabeça. Lola sorriu, vendo uma oportunidade. — Queria ter visto Beckham jogar quando ainda estava no Manchester United.

— Pode crer. — Kyle concordou, colocando as mãos na cintura dos shorts de futebol. — Espera... — pausou. — Nunca me disse que gostava de futebol. Ou é só do Beckham que você gosta?

Lola olhou nos grandes olhos castanhos de Kyle e deu um empurrãozinho em seu ombro de brincadeira, igualzinho tinha ensaiado com Andie.

— Eu amo futebol — mentiu. — É meu esporte favorito, logo depois de snowboard.

— Você pratica snowboard? — Kyle sorriu para Lola, mostrando suas covinhas. Um grupo de igreja vestindo camisetas amarelo-fluorescentes capazes de cegar alguém passou por eles, parando para tirar fotos com Miley e Billy Ray Cyrus. — Impressionante.

Todo o corpo de Lola se aqueceu.

— Obrigada. — Ela sorriu, andando ao lado dele pela Ala dos Presidentes.

Lola ficou ao lado de Kyle, olhando um homem de nariz tão grande que precisava de um CEP todinho para ele caber. O ensaio de casamento era sábado à noite, e sua mãe tinha dito a ela que podia levar quem quisesse. Stella e Cate iam levar aquelas garotas patetas que estavam sempre na casa, e Andie tinha dito que provavelmente levaria Cindy. Mas Lola só tinha uma pessoa em mente. Suas mãos começaram a suar só de pensar no assunto.

— Sabe quem foram essas pessoas? — Kyle perguntou, olhando um boneco de cabelo branco e pescoço pelancudo e um outro parecido com o Will Smith. Estavam parados atrás de palanques de debate num dos cantos da sala.

Lola riu.

— Não faço a menor ideia. — Podia encarar o homem narigudo o dia inteiro e ainda assim não saberia.

— Bem, esse é Richard Nixon. Aprendemos sobre ele na aula de história. — Kyle tirou o chiclete da boca e o amassou entre os dedos, um sorriso perverso se formando. — Duvida eu enfiar o chiclete no nariz dele?

— Não! — Lola gritou, segurando-o pelo braço. Ela olhou em volta do corredor, mas os turistas tinham desaparecido. Tinha apenas um homem de meia idade murmurando furiosamente para "Bill Clinton".

— Ah, vamos lá. Lembra quando usamos o secador de cabelos da minha mãe para derreter aqueles lápis de cera? — Kyle sorriu travessamente, e Lola sorriu também. Crescendo juntos, ela e Kyle estavam sempre fazendo o que não deviam: usando os botões das flores de sua mãe como munição para seu forte de guerra, misturando os diferentes cremes de Stella para fazer uma "poção". Ela nunca tinha se divertido tanto quebrando as regras.

— Tudo bem — Lola disse baixo —, duvido — e colocou as mãos nos quadris. Kyle olhou para os dois lados antes de enfiar a bola de chiclete azul dentro do narigão de Nixon. Lola bateu palmas e gargalhou.

— Temos que dar o fora daqui, rápido — disse Kyle, agarrando o braço fino de Lola. Ele a puxou para a sala dos atletas, os dois tendo um acesso de riso.

Lola correu ate o sinal da SAÍDA, sentindo-se mais feliz do que nunca desde que chegara a Nova York. Kyle já estava esquecendo sua velha amiga Varapau, a que tinha franjas horríveis e usava shorts por cima do biquíni quando iam nadar na piscina dele em Londres.

Lola viu seu reflexo nas portas espelhadas, sua blusa de seda verde parecendo perfeita contra sua pele pálida e sardenta. Ela já estava se esquecendo da Varapau também.

Vestidos de festa e explosões

Stella apoiou uma das mãos na arara de metal gelada. Estava repleta com vestidos de damas de honra, um arco-íris de panos verdes, roxos, marrons e azuis.

— Então, devemos cada uma escolher um modelo diferente, mas vamos todas usar cetim e estaremos todas da mesma cor, verde-maçã — disse autoritariamente, segurando um vestido verde-pálido entre os dedos. Tinha escolhido a cor baseada num editorial de casamento da *Vogue* francesa.

Lola e Andie estavam sentadas no sofá bege, assentindo quietas. Cate mandava mensagens pelo celular furiosamente. Não tinha tirado seus óculos escuros Prada desde que saíram de casa, nem quando entraram no provador suavemente iluminado da Vera Wang. Emma estava num pedestal no meio da sala enquanto Gloria mexia com os dedos no decote coração de seu vestido, puxando-o para cima.

Cate largou seu iPhone dentro da bolsa preguada Prada preta.

— Sophie mandou um oi — disse distraída, pegando um monte de vestidos sem nem olhar para eles.

Stella segurou a arara com mais força.

— Que engraçado, acabei de falar com ela.

Cate estava tentando provocá-la o dia todo, se gabando de como ela e Priya tinham corrido pelo Central Park durante a aula de ginástica, ou de como Sophie tinha dito a coisa mais engraçada *do mundo* na aula de geometria. Mas Stella nem piscou. Tinha trocado mensagens o dia todo com Blythe e Priya, e falado com Sophie pela internet depois da aula. Elas não paravam de perguntar sobre o time de basquete da Haverford, e quando iriam estar com eles de novo. Stella havia prometido que algo estava "sendo planejado", mas não falava com os meninos desde ontem. E não iria falar mais... pelo menos não até as garotas votarem nela para líder.

Cate pegou na saia de um dos vestidos verde-pálidos e torceu o nariz:

— Eca. É *claro* que escolheu essa cor. Vai me deixar tão sem sal. — Ela entrou no provador, batendo com força a porta de madeira.

Andie e Lola começaram a mexer nas araras como se estivessem em câmera lenta, de vez em quando tiravam um vestido, mas logo em seguida o colocavam de volta no lugar. Gloria alisou a pequena cauda do vestido de Emma. Suas pulseiras de ouro bateram umas nas outras, fazendo o barulho de sinos de vento. Quando Gloria contou a Vera Wang que *Emma Childs* ia se casar — neste domingo — ela ofereceu um de seus vestidos de alta costura de presente.

— Adoro esse espartilho floral, é de tirar o fôlego — miou Gloria, apertando o tecido das laterais do vestido com os dedos. Ele delicadamente tomava a forma de rosas. Stella já tinha esgotado os "oohs" e "aahs" pelo vestido com cauda de sereia. Podia ser coberto de rubis e diamantes que ainda assim não mudava o fato de que sua mãe estava se casando neste domingo e prendendo-as, permanentemente, em Nova York.

Lola tirou um vestido de cetim balonê da arara e o segurou contra sua silhueta esguia.

— Esse é lindo! — exclamou.

— Esse não ficaria bem em você — Stella disse, tirando o cabide dela. Ela então pegou um vestido longo estilo império e o jogou nos braços de Lola. — Esse é o seu, e este — disse, passando um vestido curto a Andie — é para *você*.

— Obrigada, Stella! — Andie disse animada, abraçando o vestido contra o peito. Ela então se dirigiu ao provador.

— Obrigada — balbuciou Lola. Ultimamente sua auto-estima parecia uma montanha russa. Sentiu-se bem ontem, bonita até, enquanto estava com Kyle. Mas de repente se sentia o patinho feio de novo. Não podia evitar a lembrança de como aquele homem de perninhas finas na Fashion Week tinha olhado para ela — como se não pudesse *acreditar* que fosse filha de Emma. Lola dobrou o vestido sobre um dos braços e olhou para sua mãe, que observava seu reflexo no espelho. Às vezes, nem mesmo Lola conseguia acreditar.

Stella voltou até a arara e sua atenção caiu em outro vestido longo de cetim com um profundo decote em V na frente e nas costas. Tirando o tom pálido de verde, que gritava *Casamento!*, era exatamente o tipo de vestido que usaria.

Ela tirou a frente-única de algodão vermelha e enfiou o macio vestido de cetim pela cabeça, que se moldava perfeitamente a cada curva sua — não que Stella tivesse muito que mostrar nesse departamento, mas enfatizava o que estava lá. Ela o usaria com os Manolo Blahniks prata com broche na frente, e usaria o cabelo ondulado para cima, algumas mechas caindo sobre o rosto. Um único diamante em cada orelha seria o toque final. Ela encarou seu reflexo e sorriu.

— Mamãe! — chamou, abrindo a porta da cabine. Gloria e Emma desviaram seus olhares dos detalhes de renda da frente do vestido de noiva. Lembrava Stella das cortinas da sala de estar de sua avó.

— Bonito — disse Gloria secamente , e voltou ao vestido de Emma, afofando a pequena cauda. Seu rosto era duro e sem expressão, como se tivesse levado uma rajada de nitrogênio líquido.

— É adorável, Stella. — Emma tirou um cacho loiro do rosto.

Lola pulou pra fora do provador em um vestido tomara que caia, os jeans ainda enrolados ao redor do tornozelo. Ela pulava num pé só, chutando furiosamente como se uma jiboia disfarçada de jeans tivesse capturado sua perna. A parte de cima do vestido estava folgada no peito, e as marcas de biquíni cruzadas nas costas faziam com que parecesse estar usando um maiô branco.

— Não, não, não. — Gloria passou suas unhas vinho pelo cabelo ralo. — Precisamos cobrir essas marcas de sol. E vai precisar de um sutiã com enchimento.

Emma colocou dois dedos sobre os lábios:

— Vamos tentar algo diferente, amor — disse, dando um sorriso amarelo a Lola.

Andie saiu do provador usando o vestido balonê que Stella tinha escolhido para ela. O modelo era perfeito. Ela estava parecendo um sino verde e pálido.

— O que acham? — perguntou, mordendo os lábios de nervoso.

— Está uma mocinha muito bonita! — Emma cantarolou.

— Obrigada, Emma! — Andie exclamou, seu rosto ficando rosa de tão satisfeita. Ela deu duas voltinhas, admirando-se ao espelho, e então voltou ao provador.

Stella olhava Lola ajustar sua faixa de cabelo Burberry; ela estava quase franzindo o nariz.

— Vamos — disse — vou te ajudar a achar outra coisa.

— Elas voltaram à arara e começaram a mexer em tudo de novo enquanto Gloria e Emma desapareceram dentro da larga sala com cortinas destinada especialmente às noivas.

A porta para a cabine de Cate estava aberta e ela saiu com um sorriso de satisfação no rosto. Tinha torcido o cabelo castanho num coque elegante, e estava usando um vestido longo com um profundo decote em V na frente e nas costas. Era um lindo vestido. E era também o mesmo que Stella estava usando.

— Tarde demais — Stella disparou.

Cate observou o vestido de Stella, então colocou as mãos nos quadris.

— O que quer dizer com "tarde demais"? — perguntou indignada. — Esse vestido fica incrível em mim.

— Bem, já tinha resolvido que eu iria usá-lo. — Stella deu um passo em direção ao espelho de corpo inteiro da parede, irritada. Eram as regras básicas das compras: a primeira a experimentar é a primeira a comprar.

— Não, não vai usar, ficou perfeito em mim. — Cate seguiu Stella até o espelho e parou atrás dela, falando com seu reflexo por cima do ombro.

Stella encontrou o olhar de Cate pelo espelho.

— Preferia quebrar os saltos de meus Loubotins do que deixar você usar — disse friamente, virando de lado para ver a lateral.

— Lola! — Cate gritou, virando-se. Lola congelou com uma das mãos na porta do provador. — Quem fica melhor nesse vestido, eu ou Stella? — Cate exigiu saber.

Stella colocou as mãos na cintura e levantou as sobrancelhas como se dissesse, *Sabe bem a resposta para essa pergunta*. Stella era quem tinha tomado conta de Heath Bar enquanto Lola estava no acampamento de equitação verão passado, tinha deixado até a pequena bola de pelos dormir em seu travesseiro!

— Hum... certo. — Lola mordeu um dos dedos e olhou de uma garota para outra, sua pele mais vermelha que uma queimadura de segundo grau de sol.

— Lola, é uma pergunta simples: quem fica melhor nele? — Stella manteve os olhos em Lola. Tudo bem, não tinha exatamente passado a ultima semana trançando os cabelos de Lola mas ainda assim era sua *irmã*.

Foi quando Gloria abriu a cortina e Emma saiu de dentro da salinha. Tinha colocado de volta o vestido frente-única amarelo berrante com alças de corda. Gloria passou a Emma os seus sapatos de saltos pretos enquanto brigava com alguém no celular.

— Nunca vai trabalhar novamente! — gritou, olhando ameaçadoramente para a tela brilhante.

— Esquece — grunhiu Cate — vou usar. Sou a presidente das Chi Beta Phis e decidi que quero esse vestido, e você *tem* que me obedecer.

— De jeito nenhum! — Stella exclamou. — Vamos ter uma votação amanhã. Não vai continuar no comando por muito tempo.

Logo, Cate estaria carregando os *seus* livros.

Emma se sentou no pequeno sofá bege e olhou as meninas.

— Stella — Emma disse numa voz calma, mas séria —, isso não é importante. Apenas escolha outro vestido.

— Mamãe! — Stella gritou, virando-se. — Eu experimentei primeiro!

Mas Emma lançou a ela um olhar de *não estou pedindo*.

Stella estava prestes a entrar de volta no provador, mas pensou melhor. Ela levantou a barra de seu vestido longo, levantando um dos pés e mostrando o sapato de salto Sigerson Morrison prateado que usava.

— Gostou dos meus sapatos? — sussurrou. — Blythe que me emprestou. — Blythe havia puxado ela para um canto depois do Jackson Hole e dito que achava uma ótima ideia a nova votação.

Cate colocou as palmas nas bochechas fingindo surpresa:

— *Bem que achei* que os tinha reconhecido — exclamou. — O golden retriever idoso dela fez xixi em cima deles ano passado. Ela jurou que nunca os usaria novamente. — Cate se inclinou para a frente para chegar perto do ouvido de Stella. — Foram rejeitados, *igual você*. — Stella voltou para o provador, batendo a porta atrás de si.

Cate sorriu. Tudo bem que era mentira; Blythe nunca nem teve cachorro. Mas era um perigo provocar Cate. Ela deu uma rodada em frente ao espelho e olhou o vestido outra vez. *Realmente* ficava melhor nela. Esqueça o casamento. Ela o usaria no sábado, para sua volta da vitória pela casa.

Uma chantagenzinha nunca fez mal a ninguém

Cate tamborilou na porta do provador com suas unhas pintadas de azul-escuro ao ritmo de "Chopsticks".
— Sophie — cantarolou. — Sai daí, quero ver.
Ela deu uma rodada, observando a loja do Marc Jacobs. Uma parede coberta de bolsas estava a sua frente, com mais variedade que um restaurante self-service do centro da cidade. Ela inspirou profundamente, adorando o cheiro forte de couro.
Essa manhã no Upper East Side tinha sido uma tortura. Primeiro Cate acordou com a criatura de Lola vomitando patê e pelos em seu novo par de Jimmy Choos. Depois Stella tinha decidido dar uma de boazinha e levado o grupo para almoçar no Pastis, pagando a conta com seu AmEx ouro. Sophie e Priya tinham falado durante vinte minutos sobre como a rabanada de brioche era boa, sugestão de Stella. Tinham tentado até dar um pedaço a Cate, que disse (pela milionésima vez!) que odiava doces. Cate havia passado a maior parte da refeição mexendo seus ovos cozidos em volta do prato, pensando em como poderia superar o almoço de Stella.

Não, estava fora de cogitação subornar as meninas, especialmente agora que estava sob pressão: a votação era hoje, às 4 horas. Cate tinha resolvido levar todas para fazer compras na loja do Marc Jacobs no Soho. Cate e Stella haviam pedido a Emma e Winston mais meio convite cada, para assim poderem levar todas as Chi Beta Phis ao casamento. Agora estavam escolhendo vestidos novos — *por conta de Cate*. Quem precisa de rabanada de brioche quando se pode ter um lindo vestido de seda?

Sophie saiu do provador num vestido de festa curto. O cetim rosa fazia com que parecesse uma fatia de salmão grelhado gigante. Ela rodou e deu gritinhos.

— Está fabulosa — Cate disse. A cor brigava com o tom rosado da pele de Sophie, mas Cate não ia se prender aos *mínimos* detalhes. Sophie alisou o cabelo castanho-claro esticado e sorriu para seu reflexo.

— Não sei não — disse Stella, passando pela longa arara de roupas, seus dois dedos tocando os tecidos. — Salmão é meio estação passada. — Ela torceu o nariz como se tivesse sentido cheiro de peixe podre.

— De jeito nenhum. — Cate disse áspera, olhando feio para Stella. — *Metálicos* são da estação passada, salmão está na moda agora. Confie em mim, Sophie.

Sophie se olhou no espelho atrás do balcão da liquidação, seu rosto torto de tanta preocupação.

— Deixa eu experimentar outra coisa — murmurou, entrando de volta no provador.

Cate se virou e fuzilou Stella com os olhos, os punhos apertados.

— Pare de tentar me sabotar — grunhiu.

Stella colocou uma das mãos sobre o coração, como se estivesse prestando juramento.

— O quê? Estava só ajudando uma amiga com necessidades fashion. — Ela sorriu docemente, então sentou num dos sofás de couro bege e delicadamente cruzou as pernas.

Blythe saiu correndo do provador em direção a Cate.

— Esse é o vestido — gritou. Um tecido xadrez preto esticado sobre suas novas curvas.

Priya veio em seguida enfiada num tubinho rosa-pálido de corte clássico.

— F.D.S. — Ela piou, passando os dedos nas joias brilhantes costuradas no tecido. Tinha começado a abreviar "fora de série" no oitavo ano, mas a moda ainda não tinha pegado.

Stella olhou o vestido de Blythe, cruzando os braços sobre o peito.

— Não valoriza seu corpo — disse, balançando a cabeça. — Você quer algo que enfatize seus dois novos amigos.

— Está brincando? — Priya perguntou. — Esse vestido é *só* peito. — Blythe admirou seu perfil no espelho.

Cate bateu palmas alegremente e olhou para Stella. Ela estava mordendo os lábios com tristeza, como se alguém tivesse acabado de vomitar uma refeição de cinco pratos dentro de sua bolsa Gucci Positano.

Priya girou em volta de si.

— Em nome de meu guarda-roupa, obrigada — exclamou, puxando Cate para um abraço.

Sophie saiu do provador num vestido de festa tomara que caia azul-marinho com bolinhas de lamê douradas.

— Obrigada, Cate — fez coro, inclinando-se para entrar no abraço.

Stella pegou sua bolsa Gucci e pendurou sobre o ombro.

— Preciso de ar fresco — murmurou. Ela passou pela longa mesa de sapatos e suéteres e saiu pela imensa porta preta para a rua Mercer.

— O que ela tem? — Blythe perguntou, não tirando os olhos do espelho.

— Está só com ciúmes — respondeu Cate, olhando com desdém enquanto Stella, aquela monstra invejosa, desaparecia pela rua. As garotas amaram seus vestidos, e amavam Cate mais do que nunca. Stella não tinha a menor chance.

Stella largou o iPhone em sua bolsa de couro marrom e andou confiante de volta à loja Marc Jacobs, um homem usando terno risca de giz a seguia de perto. Ela passou pelas pilhas de vestidos e o ar condicionado frio arrepiou sua pele. Blythe tinha uma caixa de sapatos debaixo de um dos braços e Sophie estava experimentando um par de sapatos vermelhos que deixava os dedos de fora. Cate e Priya estavam olhando a parede de bolsas, examinando uma carteira azul-neon.

Stella parou na frente delas e limpou a garganta:

— Já terminaram suas compras *prêt-à-porter*? — Ela olhou em volta com nojo, como se estivesse numa loja do Exército da Salvação — Se sim, é hora de todas irmos lá para cima visitar o showroom particular de Marc. — Stella alisou os quadris de seu novo vestido de cetim bege, esperando as garotas processarem o que acabara de dizer.

— O quê? — Sophie gritou, largando um sapato vermelho no chão.

— Está de brincadeira. — Blythe apertou a caixa de sapatos contra o peito.

— Meninas, conheçam Gerard, assistente de Marc. — Stella olhou fixamente para Cate, que tinha o rosto vermelho de raiva. — Minha mãe é amiga íntima de Marc desde sempre, fomos passar as férias com ele três anos atrás. Ele ainda joga tênis com meu pai sempre que vai a Londres.

— Achei que seu pai morava em Sidney agora? — Sophie perguntou, inclinando a cabeça de lado. Stella mordeu o lábio, sentindo o olhar de Cate sobre ela. Ontem, Priya e Sophie tinham perguntado o que o seu pai andava fazendo. Não podia responder o que realmente estava pensando — *Cloud McClean* — então continuou a mentir e disse que ele havia arranjado um emprego em Sidney, e estava comprando para Stella seu próprio apartamento com vista para o Darling Harbor.

Gerard colocou seu Blackberry no bolso da frente do terno, que parecia ter sido encolhido na secadora — as mangas deixavam à mostra quinze centímetros de um braço depilado e bronzeado:

— Sigam-me, bonecas. Marc acaba de concluir a nova coleção. — Ele se virou e foi em direção à parte da frente da loja, com Stella e as garotas seguindo de perto. Sophie olhou sobre o ombro para Cate, olhando com uma cara de *Desculpe... mas é a nova coleção do Marc Jacobs. Seria capaz de raspar a cabeça para ver isso de perto.*

A cabeça de Cate girava. As bolsas neon pareciam berrantes demais, as luzes fluorescentes à toda. Ela roeu as unhas e olhou seu relógio da Tiffany. Faltava só uma hora e meia para o chá no Pierre. Stella tinha superado seus vestidos com uma coleção exclusiva do estilista.

As garotas seguiam o assistente de Marc por uma estreita escada branca, Cate seguia atrás delas. Stella era uma mau-caráter total, infiltrando-se e tramando contra ela, mas Cate ainda assim tinha que ver a nova coleção.

As escadas davam numa sala larga com paredes brancas totalmente lisas e pé direito alto. A luz entrava pelas paredes de janelas de vidro, dando à sala uma luz quase celestial, como se as meninas tivessem morrido e ido para *o céu* da moda. Alguns manequins sem cabeça estavam alinhados em fila contra uma parede, com uma arara comprida de roupas ao lado.

Gerard parou na frente dos dois primeiros manequins. Um usava um vestido de seda rosa-pálido que parecia uma camisola, outra um vestido floral sem alças com uma jaqueta estruturada estilo militar branca. Sophie tocou a seda e sorriu.

— Fabuloso, não? — Gerard cantarolou. — Para sua coleção primavera, Marc brincou com a ideia de um exército jovem e angelical. Está usando uma paleta de rosa-pálido, bege, azul e cinza, tons misturados com preto e branco. Deem uma olhada em tudo e me digam o que gostariam de experimentar. — Ele passou pela fileira de manequins e tirou pelos grudados nos ombros de um deles, segurando com uma das mãos seu peito para mantê-lo no lugar. Depois, pegou seu Blackberry e começou a digitar incansavelmente.

Priya apoiou uma das mãos no pescoço sem cabeça do manequim e se virou para Stella:

— Veena vai ter *tanta* inveja quando eu contar o que fiz hoje. Pensando bem, vou fazê-la começar a ter inveja *agora mesmo*. — Ela pegou seu iPhone e tirou uma foto do vestido, enviando em seguida para sua irmã.

— Não acho que deva experimentar esses. — Cate tentou parecer convincente. — Parecem tão frágeis... Se rasgar um deles vai ficar devendo ao Marc Jacobs, tipo, um milhão de dólares. — Cate sabia que a justificativa era mais patética do que aqueles All Stars com strass, mas ela estava desesperada.

Blythe se virou de um vestido de algodão azul-claro com zíperes pretos dos dois lados, que parecia punk rock em excesso, como se pudesse vir acompanhado com uma coleira de tachas:

— Andou cheirando cola com Myra Granberry? Quem liga? — Blythe agarrou o braço de Priya e andou pela fileira de manequins, parando para admirar cada uma das roupas. Ela se inclinou e sussurrou alguma coisa no ouvido de Priya.

— Mas aqui não tem nem provador! — Cate gritou atrás delas.

— Não acho que isso vá impedir ninguém. — Stella sorriu com doçura. Ela estava parada em frente aos manequins, mexendo numa arara de roupas. — E além do mais, não é como se Gerard gostasse de garotas. — Cate olhou pelo loft para Gerard, que estava agora recostado contra a parede, lixando as unhas com uma lixa de metal. Stella escolheu um cabide com um vestido de organza cor de chiclete e andou confiante até ele.

Cate encarou a fileira de vestidos, dividida. Sophie passava os dedos por todos, pendurando vestidos em seu braço como se estivesse saqueando o lugar.

— Cate! — Ela gritou, segurando um vestido de corpete listrado azul e branco. — Esse aqui ia ficar lindo em você! — Cate o analisou, depois olhou pela sala para Stella, que falava com Gerard. Cate amava vestidos com corpete, mas não podia suportar a ideia de Stella ver que estava gostando daquilo.

— Tudo bem — concordou. — Mas só porque não quero que Marc Jacobs me ache mal-educada. — Ela tentou com força segurar um sorriso enquanto ia para um canto e tirava seu vestido de babados Anna Sui.

Do outro lado da sala, Priya tinha experimentado o vestido floral sem alças do manequim.

— Podia ser uma modelo do Marc Jacobs com toda certeza — exclamou Blythe, bajulando a amiga de maneira afetada.

Cate fechou o zíper do vestido e andou até o espelho. Ficava incrível com seus olhos azuis-profundos e cabelo castanho-escuro.

Stella parou do seu lado.

— Admita que adorou — ronronou, olhando o vestido de Cate.

— Estou na verdade um pouco desapontada. — Cate disse seca, mantendo os olhos em seu reflexo. — Essa coleção é meio sem graça. Acho que meu gosto é simplesmente mais refinado que o seu — deu de ombros.

— Tá bom, tá bom. — Stella riu, revirando os olhos. Ela flutuou pela sala em seu vestido de alta-costura rosa. — Vocês estão todas incríveis! — disse para Sophie e Blythe. Elas estavam reunidas num dos cantos da sala, admirando seus vestidos.

A cada elogio, cada sorriso, cada minuto que passava, Stella estava se aproximando da liderança na votação. E Cate, do fim de seu reinado.

Andie e o pé de feijão

Andie estava no elevador espelhado da Ford Models ao lado de Lola, arrastando suas plataformas Kate Spade pelo tapete vermelho. Suas mãos tremiam enquanto olhava os botões, parecia que tinha bebido quinze latas de coca-cola light. O número cinco se acendeu, depois o seis. Só faltavam mais oito andares.

Ela havia visitado o site da Ford Models quase diariamente durante todo o último ano, e agora estava aqui, a minutos de conhecer pessoalmente Ayana Bennington. Tinha sonhado em ser representada por Ayana — a mesma agente que representava Kate Moss, Heidi Klum e Tyra Banks. Diziam que Ayana só contratava três novas modelos por ano — se ela concordasse em representar você, o destino era a alta-costura.

Andie alisou a saia. Tinha passado a manhã toda decidindo o que usar, e finalmente escolheu um vestido sem mangas Juicy Couture azul, com um detalhe em crochê na frente. Ela quase sempre usava o cabelo num rabo de cavalo ou coque, mas hoje estava solto e tinha feito escova. Estava mais brilhante e macio do que os apliques da Frédéric Fekkai.

Lola bateu palmas de leve.

— Vai ficar famosa. — Desde o desfile na Fashion Week, Lola tinha se autointitulado "agente" de Andie, e estava levando suas responsabilidades muito a sério. Ela até insistiu em usar um "conjunto de terno" para parecer "profissional", mas era na verdade apenas uma saia preta e uma jaqueta Juicy curta que tinha roubado de Stella.

— Espero que sim — murmurou Andie. Seu coração batia cada vez mais forte enquanto o elevador passava pelo décimo segundo andar. Ela imaginou Ayana Bennington, ex-modelo-que-virou-agente, numa sala de canto com vista para a Quinta Avenida. Ela seguraria o rosto de Andie entre suas mãos e simplesmente o observaria, apaixonando-o se perdidamente por cada traço. Depois pediria desculpas pelos problemas que Andie tivera no site, pelo fato dos funcionários não terem visto sua foto e ligado para ela imediatamente. *Idiotas!* Ayana xingaria. *Tolos!* Ela deslizaria um contrato por cima da mesa. *Bem-vinda à Ford Models, Andie Sloane*, ela diria, apertando a mão pequena de Andie. *Ficamos felizes por estar conosco.*

Ding!

As portas do elevador se abriram revelando um saguão de mármore, as paredes cobertas de fotografias de modelos em passarelas do mundo todo, anúncios emoldurados de modelos flutuando em saltos e bolsas de luxo. Uma mulher jovem e esbelta com olhos esbugalhados passou por elas e Andie a reconheceu imediatamente como Shiraz Artillion, o novo rosto da Chanel. Ela apertou o braço de Lola e respirou fundo. Hiperventilar no saguão da Ford não era exatamente digno de Top Model.

O logotipo prata da Ford estava acima de uma mesa na recepção, que parecia saída de um episódio de *Star Trek*. Uma mulher de cabelo curto e vermelho, igual a um daqueles refrescos artificiais, entregou uma pasta ao recepcionista, que usava delineador.

Lola andou através da sala, Andie seguindo-a de perto.

— Olá, sou Lola *Childs* — anunciou, enfatizando o sobrenome. — E esta é Andie. Temos uma reunião com Ayana Bennington. — Lola bateu a ponta de uma de suas sapatilhas de balé Gap no chão de mármore.

O corpo inteiro da mulher de cabelo curtinho e vermelho se endireitou.

— Estávamos esperando vocês — sorriu. — Deixe-me acompanhá-las. — Ela segurou uma porta aberta e apontou para um gigante escritório dourado no final do corredor. Uma parede só de janelas mostrava a Quinta Avenida. No edifício em frente, um limpador de janelas estava sentado num andaime, bebendo uma cerveja.

Andie olhou para a mesa. Ali, folheando e sublinhando com marca-textos a mais recente edição da *Vogue*, estava a dona de seu destino. Seu cabelo longo estava preso num imenso coque seguro por três palitos pretos. Ela se levantou quando as viu entrar.

— Ayana Bennington — disse. — É fabuloso finalmente conhecê-las.

— Sou Lola — disse Lola, apertando uma das mãos de Ayana.

Andie alisou o cabelo para trás com as mãos. *Seja poderosa*, pensou, evocando sua Tyra interior. *Seja poderosa*. Ela se endireitou e olhou Ayana direto no olho — exatamente como todos os blogs de modelos tinham a ensinado quando se encontrasse com um agente pela primeira vez.

— Sou Andie — disse confiante, certificando-se de enunciar bem cada sílaba. (*Dicção é feita corretamente com a ponta da língua e os dentes!*) Então ela jogou os ombros para trás e levantou o pescoço (*alongue-se!*) antes de estender uma das mãos.

Ayana apontou para as duas grandes poltronas de couro na frente de sua mesa. Andie sentou-se numa, seus pés mal tocando o chão. Lola sentou-se a seu lado.

Ayana juntou as mãos e se inclinou para a frente, seu olhar fixo em Lola.

— Vi você na Fashion Week. Devia ter imaginado que era a filha de Emma. Reconheceria esses lindos olhos verdes em qualquer lugar.

Lola ajeitou sua faixa de cabelo, seu rosto todo vermelho.

— Eu também estava lá! — Andie se intrometeu. — Adorei a coleção de outono do Alexander — acrescentou, pronta para elogiar os metálicos e linhas retas.

— Sim, isso mesmo — Ayana concordou com a cabeça. — Lembro de você agora. — Ela olhou Andie cuidadosamente, e Andie manteve o queixo pro alto e o pescoço esticado. — Deve ter puxado seu pai.

— Na verdade, Andie é minha irmã postiça — corrigiu Lola. — Ou melhor, vai ser, muito em breve — disse rápido, sorrindo para Andie. — Nossos pais vão se casar amanhã!

Andie tentou sorrir de volta, mas seu rosto estava duro, como o de sua avó depois de uma sessão de injeções de botox. Tudo bem, ela não tinha brilhantes olhos verdes nem cabelos loiros, mas era tão ridícula assim a hipótese de ser parente de Emma Childs?

— Bem, Lola... — Ayana examinou o corpo de Lola. — Você é lindíssima. Estrutura óssea excelente.

Andie enfiou as unhas das mãos na cadeira de couro preto. O quê? *Lola* era lindíssima? *Lola* era excelente? Andie beliscou o braço de Lola, esperando que ela contasse a Ayana por que estavam realmente ali.

Lola olhou fixamente para uma planta num vaso ao lado da mesa de Ayana, um pouco envergonhada. *Lindíssima, excelente, lindíssima.* Ninguém nunca tinha dito essas palavras antes — pelo menos não se referindo a ela. *Pateta, desastrada, pernas tortas.* Essas eram as palavras que se usava para descrever Lola Childs.

— Tenho certeza de que escuta isso o tempo todo. — Ayana cruzou os magros braços sobre o peito.

Lola estava sentada congelada, os elogios girando em sua cabeça como num globo de neve. A semana toda ela tinha se sentido como uma atração de circo. Quase chegou a esperar que Cate e Stella a colocassem numa jaula e cobrassem ingressos para os outros irem vê-la. Era bom ouvir Ayana Bennington — agente *extraordinaire* — elogiando-a.

Quando Lola levantou a cabeça, Ayana estava encarando-a, esperando resposta.

— Sim — disse, numa voz baixa, um mínimo sorriso se formando no rosto. — O tempo todo.

Andie cerrou os punhos e soltou um longo suspiro. Era para ser *seu* momento, *sua* grande chance. Era isso que *ela* vinha estudando, praticando e esperando. Ela chutou Lola por baixo da mesa, tentando chamar sua atenção, mas Lola apenas esfregou a perna.

— Que idade disse que tinha? — Ayana continuou. Ela tirou um dos palitos do cabelo, que continuou milagrosamente no lugar, e o bateu de leve contra a lustrosa superfície da mesa.

— Também quero ser modelo — soltou Andie.

Ayana examinou a pequena silhueta de Andie e apertou os lábios. Ela colocou os dedos nas têmporas, como se Andie tivesse falado em outra língua e seu cérebro estivesse lentamente tentando traduzir.

— Bem — começou — tem uma linda pele. Traços delicados. Existe um verdadeiro calor em seu visual, especialmente em seus olhos.

Andie se endireitou em sua cadeira e corou de felicidade. Ayana estava falando *dela*. Esqueça Shiraz Artillion — *ela* seria o novo rosto da Chanel, segurando um frasco de Coco contra sua face, o cabelo puxado para trás.

Ayana apoiou o rosto em suas mãos.

— Você tem um look mais... *comercial*. Quando Emma vier podemos conversar sobre fotos de catálogo. Podemos começar com JCPenney, Sears, Kohl's.

Andie sentiu seus olhos se inundarem de lágrimas. Fotos de catálogo? No mundo das modelos, Ayana podia ter dito logo que só era boa pra comercial de comida pra cachorro. Ela queria ir para a cama, se encolher embaixo da coberta vermelha, e não sair até ter um metro e setenta... se é que um dia ia chegar a um metro e setenta. Estava começando a sentir que pertencia à *Pequena Grande Família*.

Ayana pôs uma das mãos sobre o mouse de seu computador e abriu seu calendário na tela.

— Adoraria que voltasse para alguns testes fotográficos — disse, olhando sobre a mesa para Lola. A gigante e desengonçada Lola, com orelhas que Andie podia usar até pra guardar sapatos se faltasse espaço no closet.

Lola bateu palmas, animada.

— Seria maravilhoso! — exclamou. Nunca tinha pensado em ser modelo antes, mas na verdade, seria *realmente* maravilhoso. Ela e Andie podiam ambas ser modelos. Todas as alunas do oitavo ano da Ashton a idolatrariam, quer usasse calcinhas com dias da semana ou não. Cate e Stella espumariam de inveja por causa de seu outdoor na Times Square. E se Kyle não gostava dela agora, com certeza iria gostar depois disso. Esqueça o jantar de ensaio, ela o levaria a todos os bailes da Ashton Prep pelos próximos seis anos. Como seu *namorado*.

Andie escorregou mais fundo na poltrona. Queria poder desaparecer, que pudesse, de repente, estar em outro lugar — uma convenção de *Guerra nas Estrelas*, uma câmara de tortura medieval — qualquer lugar menos aqui.

Era tudo culpa da Lola. *Ela* tinha mandado o e-mail para a Ford. *Ela* tinha deixado Ayana tagarelar sem parar sobre como era *lindíssima*. E agora estava concordando em voltar para tirar fotos!

Andie se viu posando ao lado de um trepa-trepa em jardineiras OshKosh, seu cabelo preso em marias-chiquinhas, enquanto Lola estampava a capa da *Teen Vogue*, *CosmoGirl!* e *Seventeen*. Ela imaginou o anúncio da Chanel de novo, mas dessa vez era *Lola* segurando o frasco de perfume — e o cabelo *dela* estava esticado para trás, mostrando suas enormes orelhas.

Andie fechou os olhos e soltou um suspiro. Depois de tudo, estava certa: Ser modelo era *mesmo* seu destino. Modelo da *Sears*.

Vai um chazinho com uma torta de humildade?

Pryia tirou um sanduíche de pepino da sua bandeja prateada com três divisórias e se inclinou para Sophie.

— Mal posso esperar para ver aquele vestido de seda na *Vogue*. Vou ficar tipo: *eu* usei isso! — Ela deu uma pequena mordida no pão branco e macio.

— Eu sei! — Sophie gritou. — Mal posso esperar para ver a saia de tweed que experimentei.

Stella mexeu uma colher de chá de açúcar em sua xícara de porcelana e ficou olhando as nuvens de marshmallows no teto abobadado acima na rotunda. Durante todo o trajeto de táxi até o Pierre, Blythe, Sophie e Pryia tinham falado sem parar na nova coleção do Marc Jacobs. Sophie estava tão distraída que quase esqueceu no carro o vestido que Cate tinha comprado para ela. Stella olhou de relance através da mesa para Cate, que estava apunhalando com o garfo seu bolinho, desanimada. Stella tomou um gole de seu chá de framboesa.

Nunca teve um gosto tão doce.

— Devemos votar agora? — Stella arrulhou, olhando ao redor da mesa para todas as garotas.

— Isso, vamos lá. — Sophie tirou um pequeno caderno preto da bolsa de matelassê.

Blythe estava colocando um pouco de *creme fraîche* em seu bolinho, e subitamente deixou cair a faca, seus olhos fixos em alguma coisa do outro lado do salão.

— Ai, meu Deus. — Ela gritou.

Todas as garotas se viraram. Na mesa da parede oposta, um homem de cabelos loiros desfiados estava sentado com uma mulher que parecia uma versão mais nova e sem plásticas de Demi Moore. Ele usava uma jaqueta esportiva preta e apertada, e tinha as maçãs do rosto com mais definição que no dicionário Webster's. Cate se endireitou em sua cadeira.

— Aquele ali não é... *Harley Cross*? — perguntou, ajeitando seu cabelo castanho-escuro. Uma jovem garçonete de rabo de cavalo preto e brilhoso colocou na mesa a conta de Harley, seu rosto rosa-shocking.

— Ele *mesmo* — exclamou Priya, apoiando seu queixo numa das mãos.

Sophie beliscou suas bochechas e apertou os lábios.

— Espera, como estou? — perguntou. — Gente? — Mas ninguém tirava os olhos de Harley. Ele empurrou a cadeira para trás e se levantou, pegando uma das mãos da mulher. Os dois foram em direção à porta enquanto a mesa ao lado, cheia de garotas de Long Island vestidas espalhafatosamente, explodia em falatório.

— Ele está indo embora? — Cate reclamou. Era obcecada por Harley Cross desde o sexto ano, quando o viu em *Reinventing Simon Worth*, uma comédia romântica sobre um professor primário na Inglaterra. Harley Cross era um dos mais adoráveis atores de Hollywood e tinha sotaque britânico. Sotaque britânico em irmãs postiças parasitas era irritante, mas sotaque britânico em atores de cabelos desfiados? Totalmente sexy.

Harley deu uma olhada ao redor da sala circular, e seus olhos pararam em Cate. Ele pediu um instante para a mulher a seu lado, se virou e começou a andar na direção da mesa delas. Cate brincou com o relicário de prata no pescoço, seu coração acelerando. Harley passou uma das mãos pelo cabelo loiro e colocou um dedo no bolso da frente de seu jeans escuro.

Cate tirou o guardanapo do colo, se preparando para levantar e dizer olá, mas enquanto Harley se aproximava, Cate percebeu que ele não estava olhando para ela. Estava olhando para Stella, sentada na cadeira a seu lado. Ele se abaixou e deu um beijo em sua bochecha.

— Olá, querida — disse ele. — Achei que era você. Estou voando para Londres daqui a três horas, mas não podia sair daqui sem dar olá.

— Oi. — Stella sorriu, suas bochechas mais rosadas.

— Então, como está a mamãe? — Harley perguntou. Cate tossiu, tentando atrair atenção para si, mas Harley ainda estava encarando Stella fixamente. Cate podia sentir a comida recém-mastigada em seu estômago pesando como cimento.

— Muito bem — respondeu Stella.

Harley afastou para trás a parte de baixo de sua jaqueta e pôs uma das mãos no quadril.

— E seu pai... como está indo? — Ele perguntou devagar, franzindo as sobrancelhas de preocupação.

Stella olhou para baixo, observando o tapete rosa, seus olhos embaçaram com a estampa exagerada.

— Hum... está bem — disse depois de um segundo, e depois soltou uma risada desconfortável.

— Certo. Bem, foi legal ver você, Stella. Mande a todos meu amor. — Harley apertou o ombro de Stella e saiu.

No segundo em que ele desapareceu da rotunda, Sophie começou a surtar.

— Aimeudeusaimeudeusaimeudeus! — gritou. Blythe colocou uma mecha de cabelo loiro-escuro atrás da orelha e enxugou a testa, ainda suada de seu Contato Imediato com uma Celebridade.

Cate olhou para as Chi Beta Phis, todas estavam olhando para Stella como se ela tivesse feito um truque de mágica. Ela torceu o guardanapo de tecido em suas mãos. *Em meu próximo truque*, imaginou Stella dizendo, *vou fazer todas as suas amigas desaparecerem.*

— Isso foi incrível. — Priya virou sua cadeira para Stella. — Como é que conhece Harley Cross?

Uma mulher num vestido roxo que não a valorizava em nada se sentou perto da entrada e começou a tocar uma harpa dourada, movendo sua cabeça grisalha lentamente desenhando um número oito imaginário.

— Somos velhos amigos de família. — Stella deu de ombros, como se para dizer *tem muito mais celebridades de onde ele veio*. Ela alisou a saia bege, depois olhou pela mesa. Priya, Sophie e Blythe estavam seriamente impressionadas. Isso era melhor do que trazer o time inteiro de basquete ao Jackson Hole, melhor do que levá-las ao showroom particular de Marc Jacobs. Ela *conhecia* Harley Cross. E era nisso que elas iam pensar quando escrevessem seu nome nas cédulas de votação. — Vamos votar agora? — Stella perguntou de novo, sorrindo docemente para Cate.

Cate fez uma bola de seu guardanapo branco com uma das mãos e o jogou na mesa. Ela não podia deixar esses votos escaparem. Era a presidente das Chi Beta Phis — sempre fora, e sempre seria.

Cate limpou a garganta.

— Primeiro devemos expressar qualquer reserva que tenhamos sobre candidatas em potencial. — Cate disse com cuidado, olhando Stella nos olhos. — É claro, Harley Cross conhece Stella, mas o quanto realmente *nós* a conhecemos? — Na mesa ao lado delas, um garçom calvo se inclinou e serviu uma xícara fumegante de chá, quase queimando as sobrancelhas com o vapor. Cate inspirou o cheiro mentolado, seu corpo todo formigando de excitação.

— O que quer dizer? — perguntou Blythe, confusa.

— O pai de Stella traiu a mãe dela com Cloud McClean, a mesma Cloud McClean que canta "Kick It" e usa macacões metálicos. Ela não deixou Londres porque estava "tão chata", e seus pais não são os "melhores amigos". — Cate fazia aspas com os dedos para lembrar a todos as palavras exatas de Stella. — Ela mentiu sobre isso, e tenho certeza de que mentiu sobre várias outras coisas — completou Cate. Do outro lado da mesa, Stella olhava para seu colo.

— Isso é verdade? — Priya perguntou.

— Então seu pai não foi trabalhar na Austrália? — Sophie perguntou.

— Não — Cate respondeu a pergunta por ela. — Não foi.

— E você falou que meu pai "tinha problemas"? — Blythe perguntou, enfiando as unhas no sanduíche de ovo em seu prato. — Isso foi tanta...

— Maldade — Cate interrompeu.
— Babaquice — continuou Priya. — Por que simplesmente não contou pra gente?
— Eu... — começou Stella.
— Se tivesse contado pra gente, ninguém nem teria ligado. Mas tem mentido desde que a conhecemos. — Priya cruzou os braços sobre o peito.
— Exatamente o que quero dizer — Cate disse com frieza.
— As Chi Beta Phis não guardam segredos umas das outras. — Ela repreendeu sua irmã postiça. O queixo de Stella estava tremendo, e ela ainda não tinha olhado para cima. Que seja, era hora de votar e Cate não ia ficar arrependida agora. Ela pegou o caderno de Sophie e arrancou quatro páginas em branco, dando uma para cada garota.

Finalmente Stella levantou a cabeça.
— Espera um pouco. Acho que é minha vez de *expressar minhas reservas* — disse fria, encarando os olhos azul-violeta de Cate. Ia se certificar que Cate se arrependesse de ter mencionado qualquer coisa sobre sua mãe e pai. — Porque francamente, estou preocupada que Cate não seja capaz de manter as coisas... em *segredo*. — Se Cate queria lutar usando segredos, Stella tinha todo um arsenal deles. — O que foi que disse sobre Blythe? Que é viciada em bronzeamento artificial? Que nunca nem foi ao México?

Blythe emitiu um barulho igual àqueles brinquedos de apertar.
— Eu... eu não disse isso — gaguejou Cate, sentando-se de volta na mesa. Seu corpo todo tremia.
— Ah, disse sim. — Stella pressionou. — E depois continuou, dizendo que Sophie ainda brinca de Barbie, e que guarda as bonecas embaixo da pia do banheiro.

Priya cobriu a boca com uma das mãos e riu:

— Você brinca?

— Eu *coleciono*! — Sophie berrou, puxando para cima as mangas do vestido de seda azul em defensiva.

— Não sou viciada — disse Blythe, por entre dentes cerrados. — E estive em Cabo na primavera passada mesmo.

Priya ainda estava rindo com a mão sobre a boca, olhando de uma de suas amigas para a outra.

— E Priya não vai para acampamento nenhum nas montanhas Adirondack — Stella continuou. — Ela vai para o acampamento de ciências. Não é ela que é *obcecada* por dissecar as coisas?

Priya ficou muda.

Stella se recostou em sua cadeira e sorriu. Tinha acabado de jogar uma bomba de fofocas no mundinho perfeito de Cate, explodindo-o em pedaços.

Cate apoiou as mãos na mesa, inclinando-se para as garotas.

— Eu não disse isso, juro — mentiu.

— Eu só tinha contado para você! — Priya exclamou.

Cate apenas deu de ombros, olhando as meninas como se estivesse tão surpresa quanto elas. Por enquanto, usaria a estratégia que sempre usava quando era pega mentindo: negar, negar e negar.

— Esquece, Priya — grunhiu Blythe. — Vamos votar. — Ela pegou uma caneta da pilha em cima da mesa e olhou para Stella e Cate. Então escreveu alguma coisa na cédula improvisada e dobrou.

— É — acrescentou Sophie, pegando duas canetas e passando uma a Priya. Enquanto as garotas rabiscavam em seus papéis, Cate de repente ficou nervosa. As coisas não tinham saído *exatamente* como planejara. Sim, tinha dito aquelas coisas sobre as garotas, mas elas já sabiam que não era muito boa em guardar segredos. No oitavo ano tinha acidentalmente contado à turma de ciências inteira que Blythe raspava os dedões dos pés. Não iam usar isso contra ela, iam? Ela pegou uma caneta e escreveu seu nome lentamente em caligrafia perfeita, cruzando o *t* com tanta força que quase rasgou o papel.

Blythe recolheu os votos de cada uma, leu-os em silêncio, e os colocou virados para baixo na mesa para ninguém ver. Ela olhou para Stella, depois para Cate, seu rosto tão sem expressão quanto o de um campeão internacional de pôquer.

Cate alisou a barra da saia e prendeu a respiração.

— Stella... — Blythe disse lentamente, olhando ao redor da mesa. Priya cruzava as mãos num nó apertado em frente da boca. — Você *não* ganhou a votação. — O rosto de Stella desmoronou, e ela olhou com tristeza para o prato de bolinhos.

Cate soltou o ar e seus braços se agitaram de excitação. Estava arrependida de um dia ter duvidado de suas amigas, por pensar que iriam votar numa inglesa qualquer em vez de votarem nela. Elas estavam do seu lado, *sempre*, não importa como. Cate colocou as mãos sobre a mesa e se levantou devagar, olhando para Priya, Blythe e Sophie.

— Obrigada — disse. — E sinto muito, muito mesmo, por contar a Stella todos os seus segredos.

— Sou uma *colecionadora*. — Sophie sussurrou de novo, para ninguém em particular.

— E prometo a vocês — disse Cate, pegando o braço laranja de Blythe — que esse vai ser o nosso melhor ano na Ashton até agora. Vocês são as melhores amigas que uma garota podia querer.

Blythe deu um sorrisinho.

— Obrigada pelo lindo discurso. Mas na verdade, Cate, você também não foi a ganhadora, fui *eu*.

Cate olhou para baixo, em direção a Blythe — a mesma Blythe que praticamente morou em sua casa no verão passado. A mesma Blythe que tinha insistido que sua mãe levasse Cate *e* ela ao chá de mães e filhas da Ashton. Cate pegou a pilha de votos do colo de Blythe e olhou um por um. Sophie tinha escrito o nome de Blythe em letras fofinhas, do mesmo jeito que rabiscava em seus cadernos. Cate reconheceu a letra de Priya e a de Blythe. Havia duas outras folhas de papel: uma que dizia *Stella*, e outra com sua própria letra, que dizia *Cate*, com uma pequena coroa desenhada em cima do *C*. Ela amassou os votos em sua mão.

— Estava certa... — Blythe continuou. — Estou cansada de estar tão "nos bastidores"... "na sua sombra". — Cate se encolheu quando ouviu suas próprias palavras usadas contra ela. Blythe mordeu uma bomba de chocolate e fechou os olhos. — Mmmm... deliciosa — sussurrou. Cate se lembrou de quando encurralou Blythe no banheiro do Jackson Hole como um animalzinho pequeno e assustado. Enquanto ela e Stella estavam competindo na Marc Jacobs, estupidamente envolvidas em sua guerra de irmãs, Blythe tinha entrado de mansinho e roubado as Chi Beta Phis dela.

Blythe olhou para Priya e Sophie.

— Bem, temos que ir. — Ela se levantou e largou o guardanapo na mesa, depois olhou para Cate. — Vai pagar a conta, certo? Já tenho um vício em bronzeamento artificial para sustentar.

— Sim — disse Priya — e eu tenho alguns esquilos para dissecar.

Blythe saiu do salão, Priya e Sophie de cada um dos lados. Elas balançavam suas brilhantes sacolas pretas de compras Marc Jacobs — com os vestidos e sapatos que *Cate* tinha comprado para elas.

Cate ficou paralisada, imaginando se essa seria a última vez que almoçaria com suas amigas. Afinal de contas, não eram exatamente mais *suas* amigas — eram da *Blythe*.

Desculpe, patinho feio, mas certas coisas nunca mudam

Lola seguiu Andie pela rua 82, praticamente tendo que correr para acompanhá-la. Tinham andado quase três quilômetros na direção de casa e Andie não havia dito uma só palavra. Lola tinha se desculpado, mas na verdade não estava tão arrependida assim. Como é que ia saber que fotos de catálogo era coisa para as rejeitadas de *America's Next Top Model*? Nunca nem tinha assistido a esse programa!

Lola ajeitou sua faixa de cabelo e andou confiante até a casa. Não conseguia parar de pensar em sua reunião com Ayana Bennington. Um coro de *Lindíssima! Excelente! Lindíssima!* ecoava em sua cabeça.

Na calçada à sua frente, uma mulher que não devia estar usando calças de lycra estava ajoelhada, deixando seu cocker spaniel praticamente beijá-la de língua. Lola olhou seu relógio da Hello Kitty. Eram 17h55. O que significava que Kyle chegaria a qualquer minuto. Iam passear no Central Park antes do jantar de ensaio, e ela ia pedir a ele para ser sua companhia. Claro que era de última hora, mas garotos não precisavam de tanto tempo para se arrumar. Pelo menos não os bonitos como Kyle. Ele podia usar jeans rasgado e uma camiseta básica branca e ainda estaria perfeito.

Ela desamassou com uma das mãos a jaqueta curta Juicy de Stella e se imaginou com Kyle no jantar, sentados um ao lado do outro num tal restaurante chamado Capitale. Eles passariam o tempo todo rindo do chapéu de abas largas que sua avó insiste usar em ambiente fechados, ou colocando sal e pimenta no drinque de Stella toda vez que ela se virasse para o outro lado.

Andie abriu com raiva o portão de ferro e entrou batendo os pés. Lola a seguiu pelo vestíbulo, a porta preta e pesada quase se fechou em seu nariz. Ali, bem ao lado da escada estava Kyle.

— Oi! — disse ela.

— Desculpe te surpreender, sua mãe abriu a porta pra mim. — Kyle olhou pelo grande vestíbulo de paredes de carvalho, seus olhos quentes e castanhos finalmente pousando em Lola.

Andie passou para a frente de Lola e esticou uma de suas pequenas mãos.

—Oi... — miou, jogando seu brilhante cabelo castanho por cima dos ombros igual tinha ensinado a Lola. — Sou Andie.

Lola mexeu nos botões de sua jaqueta, nervosa de repente. Tinha quase se esquecido de que Andie estava ali.

— Oi — Kyle sorriu, seu rosto ficando corado. Ele olhou de volta para Lola. — Ainda quer ir ao parque?

Mas antes que Lola pudesse responder, Andie encostou sua plataforma Kate Spade no tênis Adidas Gazelle azul e branco de Kyle, reconhecendo os sapatos para futebol de salão.

— Você joga? — perguntou ela.

— Sim, estou no time da Donalty — Kyle afirmou com a cabeça.

— Jogo na Ashton. — Andie mexeu na parte loira da franja, tentando ignorar Lola, que a fuzilava com os olhos. Claro, dar em cima de Kyle era errado, mas Lola mereceu. Tinha roubado sua chance na Ford. Talvez ela não concordasse com tudo que as Chi Beta Phis fizessem, mas depois de observá-las durante anos, tinha aprendido a arte da vingança. — Algumas de nós jogamos amistosos no Central Park às terças-feiras com alguns dos garotos da Haverford — disse ela casualmente, sabendo que todos os meninos da Donalty idolatravam o time nacionalmente reconhecido da Haverford.

— Maneiro — Kyle concordou com a cabeça. — Qualquer um pode ir? Na verdade, eu — começou ele, mas Lola o interrompeu.

— Devemos ir nessa — Lola disse estridente, indo até a porta.

Mas Kyle nem piscou.

— Então, animada para o casamento? — perguntou ele a Andie. — Acho que meus pais vão me obrigar a usar um smoking amanhã. — Ele apontou com a mão imitando uma arma para o peito. — Tipo James Bond.

Lola ajeitou a faixa de novo. Esta era sua chance. *Diz logo*, pensou.

— *Eu* estou! — exclamou ela, um pouco alto demais. Minha mãe disse que podíamos levar alguém para o jantar de hoje. — Ela olhou para os olhos castanho-chocolate de Kyle, esperando entender que aquele "alguém" era ele.

— É — acrescentou Andie, indo para tão perto de Kyle que podiam ser confundidos com irmãos siameses. — Quer ir comigo? — Ela enrolou uma mecha de cabelo nos dedos.

Kyle olhou para Lola, como se precisasse de sua permissão. Ela queria dizer alguma coisa, mas sua boca estava seca, como se tivesse comido uma caixa de giz inteira. *Não*, pensou, *não aceite*!

— Parece incrível! — Kyle finalmente disse, afastando as franjas estilo Zac Efron da testa com um sorriso.

Lola sentiu as lágrimas inundando seus olhos. Kyle ia ao jantar com Andie? Era como manteiga de amendoim com picles: simplesmente *errado*. Ela mordeu o lábio inferior. Não ia deixar Kyle vê-la chorando.

Ela pegou a maçaneta da porta da frente e a escancarou.

— Bom, então é melhor ir se arrumando! — explodiu, indicando a porta aberta. — O jantar é às oito.

— Hum... e o parque? Ainda dá tempo de darmos uma caminhada — gaguejou Kyle, olhando seu relógio. Ele passou pela porta nervoso, esperando por Lola.

Mas em vez de ir junto, Lola fechou a porta, quase deixando bater na cara dele.

— Te vejo hoje à noite, Kyle! — Andie exclamou docemente, acenando.

Lola trancou a porta, com Kyle ainda do outro lado.

Ela se virou para Andie e cerrou os dentes. *Te vejo nunca mais*, é mais provável.

— Você sabe que gosto do Kyle — sibilou ela, enxugando o rosto com as costas das mãos. Ela queria pegar o vaso de porcelana azul da prateleira e atirar na cabeça de Andie. Justo quando Kyle tinha começado a gostar *dela* — a pensar que *ela* era bonita — Andie tinha se intrometido e estragado tudo.

— Bem, *você* sabe o quanto eu queria ser modelo! — Andie gritou, seu rosto se tornando vermelho-arroxeado. — Não acredito que disse a Ayana Bennington que ia voltar para umas fotos!

— Desculpe se nem todo mundo no universo me acha feia! — Lola gritou de volta, lágrimas quentes descem pelo seu rosto.

— O que é que está acontecendo aqui? — Winston apareceu da cozinha, seu terno pendurado por cima de um dos ombros. — Vocês deviam estar se aprontando para o jantar.

Emma veio logo em seguida, num vestido de seda cinza e saltos de couro preto. Seu cabelo loiro e ondulado estava puxado para trás num bagunçado coque não-quero-que-pareça-que-demorei-uma-hora-pra-me-pentear-mas-foi-isso-mesmo-que-aconteceu.

— Lola — disse Emma, olhando o rosto cheio de lágrimas de sua filha. — O que aconteceu?

Lola correu até Emma, enfiando o rosto na frente de seu vestido de seda.

— Eu odeio ela! — gritou.

Foi então que a porta da frente se abriu.

— Bem, talvez se não tivesse dedurado tudo que disse sobre elas, as coisas seriam diferentes! — Cate gritou e correu escada acima.

— Eu? — Stella gritou, seguindo-a casa adentro e batendo a porta. — Fui a porcaria da sua escrava uma semana inteira! Me fez ficar correndo pra lá e pra cá igual uma maluca, organizando seu closet!

— Por que em nome de Deus estão gritando? — Winston perguntou, coçando a nuca com tanta força que deixou marcas brancas.

Cate congelou no alto das escadas, Stella bem abaixo, quando perceberam que tinham uma plateia.

Stella apertou o corrimão, irritada. Não tinha tempo de explicar a Winston como Cate tinha contado a todas as suas amigas sobre o escândalo de Cloud McClean. As revistas de fofoca provavelmente iam começar a ligar a qualquer minuto, oferecendo a ele dinheiro em troca de uma entrevista exclusiva (*Noivo de Emma Conta Tudo!*)

— Não conseguiu suportar que suas amigas gostassem mais de mim do que de você, não foi? — Stella disse.

— *Você* não sabe nada sobre as *minhas* amigas! — Cate pegou o relicário de prata em volta do pescoço e seus olhos se encheram de lágrimas. Stella estava em Nova York há apenas um milésimo de segundo. Cate é quem tinha se sentado no banco ao lado de Blythe nas aulas de natação, fingindo ter câimbras, quando Blythe ficou menstruada pela primeira vez. Foi Cate quem estava lá na primeira vez que Priya usou maquiagem, e foi Cate quem ensinou a Sophie como raspar as pernas quando a mãe dela disse que era nova demais para isso. — Tinha mesmo alguma amiga sua em Londres? Ou só andava por lá roubando as dos outros?

— Mãe — Stella se virou para Emma — não vou à porcaria do jantar de ensaio nenhum, não com *ela*.

Cate cruzou os braços sobre o peito e olhou fixo para Winston.

— Não se preocupe com isso! Também não vou! — cuspiu, correndo escadas acima até seu quarto.

— Cate Sloane! — Winston chamou. Mas ela já tinha ido.

Emma colocou os dedos nas têmporas e se contraiu, como se tivesse comido sorvete rápido demais e seu cérebro agora estivesse congelando.

— Ela é terrível — murmurou Stella por dentes cerrados. Então seus olhos se voltaram para Lola, que ainda estava parada ao lado de Emma. — Roubou minhas roupas! — gritou, reconhecendo a jaqueta Juicy curta. — É bom estar tudo de volta em meu quarto em dez minutos ou está morta. — Ela apontou seu dedo para Lola, se virou e subiu as escadas.

Winston e Emma ficaram parados em choque, como se alguém tivesse acabado de entrar pela sala num caminhão e esmagado tudo em pedacinhos. Winston olhou para Andie, sua pele manchada de vermelho, do jeito que sempre ficava quando estava estressada.

— O que aconteceu? — perguntou ele de novo, olhando dela para Lola.

Uma hora mais tarde, Cate se sentou no sofá de couro ao lado de Lola, Stella e Andie. Ela descascou seu esmalte rosa, tentando fingir que estava em qualquer lugar menos ali.

Tinha ficado sentada no quarto durante meia hora, mandando mensagens para Priya, Sophie e Blythe freneticamente. Tinha tentado se desculpar (DESCULPA, N FAZ IDEIA DE QTO ESTOU ARREPENDIDA), elogiar (TEM O MELHOR BRONZEADO DA ASHTON, JURO), e até subornar (COMPRAS NA SEGUNDA? EU PAGO!), mas nenhuma delas tinha respondido. Tinha tentado se distrair organizando o armário de sapatos, meio que esperando seu pai bater na porta e a forçar a ir ao jantar. Mas ele não tinha batido. Em vez disso, ele e Emma marcaram uma "reunião familiar", pedindo que as meninas viessem "para conversar".

Winston e Emma ficaram de pé em frente do sofá de couro, suas mãos entrelaçadas. Cate olhou seu relógio da Tiffany.

Eram sete e meia, e o jantar devia começar às oito. Mas Emma tinha tirado seu vestido de seda cinza e colocado um pijama azul que nem a avó de Cate teria coragem de usar. Seus olhos estavam inchados e vermelhos, como se estivesse tendo uma crise de alergia. Cate esperava que fosse esse o caso. Seu estômago apertou.

— Precisamos conversar sobre o que está acontecendo com vocês — disse Winston severamente. Seus olhos examinaram todas no sofá.

Emma torceu as mãos e olhou para sua filha mais velha.

— Stella — começou — por que vocês duas estavam discutindo? Nunca vi você agindo assim antes.

Stella olhou de lado para Cate. Cate a tinha seguido do Pierre até em casa, explicando, ponto a ponto, por que ela estava certa e Stella errada. Se Stella tivesse que escutar — mais uma vez — como era um fungo na vida de Cate, ia pegar o próximo avião de volta para Londres. Ela mesma chamaria o táxi.

— Nada — mentiu Stella. — Deixa pra lá.

— Não vou deixar pra lá — disse sua mãe, levantando a voz. Ela apertou o lóbulo da orelha, o ponto de pressão que seu acupunturista tinha dito que aliviava dores de cabeça. — Cate? — pressionou Emma. — Dá pra me dizer o que está havendo?

Cate descascou o esmalte da unha do dedo mindinho e jogou os farelos no chão.

— Na verdade não quero falar nesse assunto — disse seca, olhando fixo para o anel de safira em seu dedo. Emma podia até dormir na suíte principal, mas nunca seria sua mãe. Cate não era obrigada a responder nenhuma de suas perguntas.

— Nós vamos ao jantar, se é isso que quer.

— Não é essa a questão! — Winston explodiu. — Amanhã às quatro horas, Emma e eu devemos nos casar. E vocês não conseguem nem olhar uma na cara da outra. — Ele soltou um longo suspiro. Então se virou para Andie e Lola. — Vocês duas têm algo a dizer?

Andie mordeu o lábio inferior e encarou o pai. Depois de algumas horas de isolamento, se sentiu um pouco mal com o episódio todo com Kyle. Mas toda vez que pensava em Lola sendo modelo da Ford, parada numa praia, seu cabelo sendo jogado para trás por um ventilador gigante, um nó se formava em sua garganta, como se tivesse engolido uma bola de softball. Lola tinha concordado em fazer os testes. E depois chorou no colo de Emma, dizendo o quanto *odiava* Andie.

— Por que não pergunta a Lola sobre sua reunião com Ayana Bennington? — Andie disse ríspida, cruzando os braços sobre o peito. Mal podia esperar para ver a reação de Emma quando descobrisse que sua preciosa e inocente Lola andava usando seu nome por toda Manhattan.

— Lola! — exclamou Emma com severidade. — Que história é essa?

— Fiz isso por você! — Lola grunhiu para Andie, apertando os pulsos em cima das pernas finas.

— Já chega disso tudo! — Emma gritou. — Chega mesmo. — Ela bateu uma das mãos na mesinha de centro.

Winston passou os braços pelos ombros dela.

— Não podemos nos casar assim, não vamos — disse, olhando para as meninas ainda no sofá. Ele balançou a cabeça como se quatro estranhas tivessem entrado em sua casa, disfarçadas de Lola, Cate, Andie e Stella. — O casamento está cancelado.

Colocando ordem no castelo

O estômago de Andie roncou alto como um animal selvagem. Ela abraçou os ombros com os braços e andou pelo corredor em direção à escadaria. Ela podia agora adicionar "jantar perdido" à sua lista de COMO ESSE DIA DEU TERRIVELMENTE ERRADO, bem embaixo de "rejeitada por Ayana Bennington", "traída por irmã postiça" e "ajudei a arruinar o casamento do meu pai".

Ela parou no alto das escadas e ficou ouvindo a voz abafada do pai no escritório. Ela andou na ponta dos pés até a porta e abriu uma fresta. Winston estava andando de um lado para outro na sala, agarrado no telefone sem fio.

— Não, são as crianças — disse ele, segurando o pescoço com uma das mãos. — Decidimos adiar o casamento... indefinidamente. — Winston pausou. — Sim, entendo. Obrigado, Gloria. — Ele baixou o telefone na escrivaninha. Estava escuro lá fora e ele ainda usava o terno do jantar de ensaio, exceto que agora a camisa azul e impecável estava desabotoada, e ele estava andando só com suas meias pretas. Ele viu de relance o reflexo de Andie na janela e se virou, seu rosto cansado, os olhos vermelhos e molhados.

Andie agarrou a barra da camiseta, nervosa de repente.

— Papai? — perguntou com a voz trêmula. Winston tossiu e esfregou o rosto com ambas as mãos. Ela não via o pai chorar desde que sua mãe morreu.

— Sim? — Winston murmurou, não encarando Andie nos olhos. Antes que pudesse dizer mais alguma coisa, Andie correu em sua direção e envolveu o pai com os braços, dando um abraço apertado. Ela descansou o rosto em seu peito e tentou engolir o nó na garganta. Ela não suportava ver o pai triste. Ela desejava rebobinar a noite toda, a semana toda, até, e simplesmente começar de novo.

— Pai, eu — ela fungou as lágrimas de volta. — Eu sinto muito. Não queria arruinar o casamento.

Winston esfregou as costas de Andie.

— Você não arruinou nada — disse ele, balançando a cabeça. — Sou eu quem devia sentir muito. Estava apenas... — Sua voz soou como se fosse falhar. Ele tossiu alto e descansou as mãos nos ombros de Andie. — Estava apenas tão animado com Emma, e vocês meninas pareciam estar se dando tão bem. Me deixei levar e apressei tudo. Nunca devia ter pressionado vocês, não estavam prontas para tudo isso. — Ele beijou Andie duas vezes no topo de sua cabeça.

— Eu estava bem papai, de verdade — sussurrou Andie.

— Tivemos um longo dia — disse, indo até a porta. — Vamos falar mais sobre isso amanhã.

E com isso, ele esfregou a bochecha de Andie e saiu do escritório.

*

Andie se sentou à mesa de madeira de cerejeira e ficou olhando o lanche que preparara para si mesma — blue cheese com cenouras e aipo. A comida subitamente parecia nada apetitosa, como canapés feitos de cocô de gaivota. Ela andou até a lixeira e esvaziou o conteúdo do prato lá dentro.

Na parte de reciclagem, em cima de um monte de jornais rosa-salmão *Financial Times* empilhados, estava uma carta fechada endereçada a Emma e Winston. Andie pegou o envelope bege e o segurou nas mãos. Enquanto ela abria, uma foto de Winston e Emma caiu de dentro. Winston tinha uma das mãos nas costas de Emma e estava se inclinando para perto dela, sorrindo, como se estivesse contando a ela o segredo mais incrível.

Era de seu tio Paul, que tinha acabado de quebrar a perna num acidente de moto na Pacific Coast Highway. *Queridos Winston e Emma*, dizia. *Se ao menos eu tivesse dado seta, poderia estar lhes dizendo isso pessoalmente! Parabéns pelo casamento. Emma — obrigada por fazer meu irmão tão incrivelmente feliz.*

Andie baixou a carta no balcão da cozinha, incapaz de ler mais uma palavra. Seu estômago se revirava enquanto se imaginava sentada na sala amanhã, esparramada no sofá vendo *The Hills*, quando seu pai e Emma deviam estar se casando.

Foi quando Lola entrou na cozinha usando seus pijamas do Harry Potter. Quando ela viu Andie, abriu com violência a porta da geladeira.

Andie podia ouvir as gavetas de plástico se abrindo e fechando.

— Lola, olha isso aqui — disse Andie devagar, segurando a carta de casamento para a porta da geladeira.

Lola fechou a porta com força.

— Não acredito que está tentando falar comigo! — disse, seus olhos se enchendo de lágrimas. — Praticamente pegou Kyle bem ali. — Ela ainda usava a faixa na cabeça, mas o cabelo estava puxado para trás num rabo de cavalo e os olhos estavam inchados. — Eu gostava dele de verdade — disse de novo, sua voz falhando.

Andie dobrou a carta em suas mãos, não querendo olhar Lola nos olhos. Não se sentia tão culpada desde que cuspira no creme para olhos Clinique de Cate, o troco por Cate ter inventado para o sétimo ano inteiro que Andie era adotada. Claro que Cate mereceu, mas Andie não queria que ela tivesse conjuntivite ou algo do tipo.

Andie mexeu na mecha loura em sua franja.

— Me desculpe — balbuciou. — Mas não gosto nem um pouco de Kyle, eu juro.

Lola agarrou um pote de pepino em conserva contra o peito.

— Não gosta? — perguntou.

— Não! — Andie exclamou. — Mal o conheço! Estava só com raiva do que tinha acontecido na Ford.

— Aquela agente só gostou de mim por causa da minha mãe! — Lola disse, o nariz se retorcendo. — Ela já me mandou dois e-mails pedindo o celular da mamãe. Olhe para mim: não sou uma modelo. — Lola apontou seus dedos do pé de fora, que inclinavam para dentro como se estivessem beijando uns aos outros. — Tenho as pernas arqueadas! E minhas orelhas são de abano como as do Dumbo. — Ela levantou um lado da faixa de cabelo para Andie ver.

Andie olhou as orelhonas de Lola e não conseguiu evitar uma risada.

— Não, Lola. Acho que Ayana gostou mesmo de você. Devia fazer as fotos como teste. O que tem a perder? — Andie deu de ombros, decidindo ali mesmo que tinha superado ser esnobada na Ford. Sim, Ayana Bennington era uma agente famosa, mas não era a única que existia. Andie já tinha ido nas páginas amarelas on-line e achado três telefones — todos procurando modelos adolescentes. Afinal de contas, a primeira rejeição numa agência era um rito de passagem. Tyra, Kate, até Twiggy, todas tinham enfrentado adversidades antes de conseguirem sua grande chance.

Andie pegou a foto de Winston e Emma.

— Meu pai estava ligando para a Gloria do escritório e ele estava... — Sua voz tremeu. — Muito chateado. Muito, *muito* chateado.

— Minha mãe estava chorando mais cedo na sala. — Lola pegou a foto das mãos de Andie e a examinou. Então ela colocou as mãos no rosto. — Podemos consertar as coisas — exclamou de repente. — Temos que consertar!

— É... — concordou Andie. — Mas como? — Estava acabado. O estrago tinha sido feito.

Lola bateu as mãos.

— *Eles* querem se casar. Só precisamos provar que *nós* também queremos que se casem. — Seus olhos verdes estavam grandes. — Tive uma ideia.

A rainha de gelo derrete

Stella abriu a despensa e moveu um pote de azeitonas, procurando pão árabe. Depois de desembrulhar os últimos produtos de beleza e "Vestidos III", exigidos de volta do quarto de Lola, tinha saído de fininho de seu quarto em busca de comida. Ela encontrou Andie e Lola na cozinha, sentadas na mesa redonda no átrio, cochichando segredinhos, como se estivessem planejando roubar um quadro de Van Gogh do Met.

— Isso é brilhante, Andie! — Lola exclamou, rabiscando alguma coisa num bloco de papel.

Stella olhou curiosa para elas. Tinham ido de prestes a matar uma à outra para melhores amigas em menos de quatro horas. Ela, no entanto, não tinha nenhuma intenção em falar com Cate de novo.

E se seus pais estavam realmente se separando, talvez nem precisasse.

Stella tirou um pão da embalagem de plástico e deu uma mordida, a farinha cobria seus lábios. Mesmo que Cate *tenha sido* uma imbecil, Stella não parava de pensar nos olhos inchados de sua mãe. Quando sua mãe entrou na sala mais cedo, a cabeça de Stella rodou — ela sentia como se estivesse de volta em sua cozinha de Londres ano passado, no dia em que a mãe e o pai contaram a ela sobre o divórcio. Stella tinha ficado simplesmente encarando o relógio do avô na parede, com lágrimas inundando seus olhos. Mas tudo mudara quando sua mãe conheceu Winston — ela havia parado de desaparecer quarto adentro toda vez que "Kick It" tocava no rádio; tinha parado de ficar horas sentada na mesa de jantar, olhando velhas fotos de família nas férias em Nice e no Marrocos.

Lola se encostou em sua cadeira e gritou.

— Podemos comprar fitas coloridas e colher flores do Central Park!

Stella deu outra mordida em seu pão árabe e andou até o vestíbulo, curiosa.

— Provavelmente podemos conseguir que a banda da Ashton toque — disse Andie. — E talvez você possa tocar "Canon em Ré Maior de Pachelbel" em sua viola.

Stella parou no corredor. Parecia que Andie e Lola estavam planejando uma festa. Uma festa muito, muito deprimente. Stella não via essas fitas coloridas desde o nono aniversário de Lola, e mesmo naquela época já não era legal.

— O que estão fazendo? — perguntou, franzindo os olhos para as garotas.

— Hum... — Andie balbuciou. — Nós só... queremos fazer algo para meu pai e sua mãe. Estávamos pensando em organizar um casamento para eles... no jardim? — Ela esperou que Stella risse, mas Stella apenas inclinou a cabeça para o lado, pensando.

— Hunf. — Stella *também* queria fazer algo por sua mãe, mas um casamento no jardim parecia um triste prêmio de consolação, especialmente um planejado por duas garotas de 12 anos sem-noção. Elas fariam os convidados brincarem de Twister e comerem pizzas e balas. Stella olhou pela parede de vidro para o pátio de tijolos do lado de fora, que estava aceso por uma pequena lâmpada. Ela observou a arcada de treliça no canto, que tinha sido praticamente devorado por hera. Um casamento no jardim seria difícil de planejar em um dia, mas o lugar tinha potencial.

Lola colocou as mãos nas bochechas:

— Vamos fazer um bolo!

Stella balançou a cabeça e se sentou ao lado delas na mesa redonda.

— Não, definitivamente não. Temos que ligar para a Green Street Bakery e buscar algo simples, elegante e pronto. Mamãe adorou a cobertura de creme amanteigado. — Stella se levantou e andou de um lado a outro na frente da mesa. — E depois temos que conseguir um bufê e um fotógrafo. — Lola obedientemente escrevia cada uma das instruções de Stella no caderninho. — Vamos precisar do número de todas as pessoas da lista de convidados, apesar de... — a voz de Stella foi diminuindo.

Lola parou de escrever e levantou a cabeça, olhando para trás de Stella. Stella se virou e viu Cate apoiada contra o batente da porta em sua camisola J.Crew rosa, seus braços cruzados sobre o peito. Claramente tinha escutado tudo. A última coisa que Stella precisava era Cate dizendo a ela como era boba por encorajar Andie e Lola a planejar um casamento de última hora. Nenhum lugar — nem a cozinha, às dez da noite — estava a salvo de Cate Sloane.

Cate passou a língua sobre os dentes e entrou no átrio, pegando uma pasta cor de framboesa da bancada de granito no caminho. Ela passou por Stella e se sentou à mesa ao lado de Andie.

— Se vamos planejar um casamento, essa é nossa bíblia — disse Cate, largando a pasta na mesa. — Gloria deu isso a papai e Emma. Tem a lista de convidados, os telefones do fotógrafo e da floricultura, tudo.

Lola assentiu devagar para Cate, como se não tivesse certeza se era mesmo Cate falando ou algum clone legal de Cate.

— Definitivamente devemos pegar as flores na Anne Bruno, ficam logo na esquina, e provavelmente poderiam fazer alguns arranjos fáceis e rápidos.

— Deve ser apenas para família e amigos íntimos — continuou Stella, mexendo em seus cachos loiros. — Devemos ligar para eles amanhã de manhã. E Andie queria usar a banda da Ashton. — Stella piscou.

— Cai fora! — Cate soltou uma risadinha e cutucou Andie no braço. — Ninguém quer dançar ao som de uma versão de flauta de "Hey Ya".

— Foi o que pensei também — disse Stella, olhando para Cate. Pela primeira vez no dia, ela não estremeceu quando olhou dentro dos olhos profundamente azuis de Cate.

— Bem, agora que temos o número da banda, posso simplesmente dizer a eles para virem para cá — ofereceu Andie.

— Vamos organizar um casamento! — Lola exclamou.

As belas do baile

Uma multidão de garçons de smoking colocavam lentamente bandejas na longa mesa do bufê. No jardim do terraço acima, a banda ensaiava. O vestido prateado da vocalista refletia o sol da tarde como se ela fosse um globo humano espelhado.

— *In my life* — cantava ela suavemente ao microfone — *I've loved you more*. — Um homem careca de terno azul tocava alguns acordes num teclado, sua cabeça ficando queimada de sol.

— Me joga aquela toalha de mesa? — Cate perguntou, olhando Stella. Ela baixou dois vasos de cristal cheios de orquídeas exóticas na mesa. Stella pegou a toalha de linho verde-clara e jogou-a para Cate, que acenou obrigada com a cabeça, em silêncio.

Cate não tinha esquecido todo o incidente no Pierre, especialmente porque até agora não tinha tido notícias de suas amigas. Nem um torpedo, nem uma mensagem — nada. A essa altura já devem ter falado com Gloria — ela tinha ligado para cada um da lista de convidados, um por um, e dito a eles que o casamento havia sido adiado. Se não tivesse notícias de Blythe até a noite, iria até sua cobertura e exigiria algumas respostas... ou melhor, pediria com educação. Pela primeira vez na vida, ela não estava em posição de exigir nada.

Stella entregou a Cate uma pilha de guardanapos dobrados que a lembrou daqueles chapéus bobos de jornal que as crianças fazem no primário. Cate tinha de admitir, mesmo que ela e Stella estivessem com raiva uma da outra, faziam um bom time. Essa manhã, tinham distribuído várias tarefas, mandando Lola até a Godiva para cuidar das lembrancinhas de casamento e Andie para buscar os arranjos de flores. Stella tinha enxugado a lista de convidados para apenas algumas dúzias e ligou para todos pessoalmente convidando-os. Então Cate pediu a sua tia Celeste, irmã mais nova de Winston, para pedir alguns favores a seus contatos na revista *Food & Wine*, da qual era editora-chefe. Celeste tinha arranjado para elas um serviço de bufê, garçons e barmen em menos de duas horas, e Andie tinha conseguido que os Ashfords do outro lado da rua emprestassem a mobília portátil que usavam nas reuniões do Harvard Club, que davam em sua sala de visitas. Em menos de um dia tinham organizado um casamento. Esqueça Gloria Rubenstein — as irmãs Sloane-Childs eram as organizadoras de festas mais poderosas de Nova York.

Cate alinhou os pratos brancos de porcelana fina. Em alguns minutos os convidados começariam a chegar, e seus pais estariam lá em uma hora. As meninas fizeram café da manhã para os dois como pedido de desculpas, e Lola disse a eles para manter os horários que já tinham marcado da massagem e cortes de cabelo no salão Red Door aquela tarde — para relaxar. Tinha até armado do motorista de Winston, George, vir buscá-los.

No canto do jardim Andie estava em pé num banquinho, enfiando uma última rosa no arco de treliça.

Estavam quase prontas. Quando Cate colocava o vaso no centro da mesa, seu iPhone apitou. Ela o tirou do bolso de suas calças de toalha Juicy e olhou. Era uma mensagem... de *Blythe*.

— Você também? — perguntou Stella, segurando seu iPhone.

BLYTHE: P E S QUEREMOS Q VOLTEM, MAS AINDA TO C RAIVA. PREPAREM-SE MOÇAS. VAO TER Q PUXAR MTO O MEU SACO ESSE ANO.

Cate se imaginou comprando todos os novos sutiãs tamanho G de Blythe, revisando todas as suas redações para as aulas de Inglês, e retocando suas costas com espuma autobronzeadora Neutrogena. Ela se imaginou passando todas as tardes na cobertura de *Blythe*, no quarto de *Blythe*, sentada no sofá de *Blythe*. É claro que Cate ainda queria ser parte das Chi Beta Phis. A Ashton Prep seria impossível sem suas amigas — como ir para a guerra com nada mais do que uma faca de plástico. Mas Cate já tinha engolido seu orgulho o suficiente nos últimos dois dias — se engolisse mais ia ter que fazer uma lavagem estomacal.

Stella mexeu num cacho loiro.

— Isso é assédio textual — balbuciou, balançando a cabeça.

Cate riu, contra sua vontade.

— Cate! Andie! — Lola colocou a cabeça para fora da porta da sala de jantar. Estava usando um vestido preto da Gap e segurando um monte de folhetos que Andie tinha passado a noite montando e imprimindo. — Seu tio Mark já está aqui! Vocês têm que se vestir!

Cate deu uma última olhada no celular e o recolocou no bolso. Então lentamente pegou o gloss da Stila. Se ia ter que puxar saco de Blythe o ano todo, pelo menos ia estar com os lábios hidratados.

De volta a seu quarto, Cate tirou do cabide seu vestido amarelo-canário Nanette Lepore. As garotas tinham concordado em esquecer os vestidos de damas de honra e usar o vestido que quisessem, desde que fosse de bom gosto e elegante (Cate e Stella tinham direito a vetar ou não as escolhas de Lola e Andie, naturalmente).

Cate deu uma rodada em frente ao espelho, mas não sentiu a empolgação que normalmente sentia quando usava o vestido amarelo. Stella estivera certa sobre Blythe o tempo todo — ela *queria* o trono de Cate.

Cate colocou um arco de verniz preto sobre a testa e alisou para trás o cabelo castanho e macio. Contar às meninas sobre Cloud McLean foi meio demais. Tudo bem — não foi apenas demais. Foi meio que... *errado*... como derramar cappuccino no vestido Prada novo de linho branco de alguém. Tinha se deixado levar por causa da votação. Queria tanto ganhar, e se viu prestes a perder tudo. Mesmo assim...

Cate abriu a porta. Mesmo no corredor, podia ouvir o som dos convidados chegando. Ela foi até as escadas e viu sua tia Celeste no saguão, afagando a cabeça de Andie como se Andie fosse um de seus são bernardos.

— Cate! — gritou Celeste, vendo a sobrinha. Em seu vestido azul Zac Posen, fresquinha da segunda rodada de peeling de cristal, Celeste aparentava ter 25 anos. Ela pegou uma das mãos de Cate e a puxou para dentro da cozinha, apontando o jardim pelas enormes janelas do átrio. — Você, minha querida, é simplesmente incrível. Seu pai vai ficar emocionado. — O jardim estava lotado de convidados, bebendo seus últimos drinques antes da cerimônia começar. Greta, que sempre ia às peças de Cate quando Winston não podia, estava ao lado do bufê, degustando as costeletas de carneiro.

— Eu sei, é — Cate parou, sentindo como se alguém tivesse enfiado um aperitivo sua goela abaixo. Lá fora, Stella estava ao lado do bar... usando o mesmo vestido de *Cate*. Cate podia ter reconhecido o tecido amarelo e bordado até numa fila de trezentas araras da Barney juntas. — Já volto — murmurou.

Ela andou até a porta, olhando enquanto Stella se inclinava no bar e pedia uma bebida. A cabeça de Cate estava à mil. Talvez Stella soubesse que Cate ia usar o vestido. Talvez tivesse visto em seu armário, saído e comprado ela mesma. Mas era da coleção passada — uma das poucas peças que Cate ainda estava usando.

Stella estava tão ocupada apertando limão na sua Coca light, que nem notou Cate a seu lado.

O barman, um moderninho com bigode reto, balançou uma coqueteleira prata igual uma maraca.

— Vocês duas parecem gêmeas — disse. Stella se virou e olhou Cate de cima a baixo, seu rosto ficando um pouco pálido.

— Belo vestido — Cate disse. Então ela olhou Stella nos olhos, seus lábios se curvando num sorriso.

— O seu também — Stella disse suavemente. — Apesar de que devo dizer — Stella apertou um dedo no braço de

Cate — está um pouco pálida. Acha que temos tempo para um bronzeado artificial a jato?

— Se vou ter que receber ordens de um lápis de cera cor de ocre queimado esse ano — riu Cate — pelo menos vou estar em boa companhia.

— Acha que talvez... — Stella começou, mas desistiu.

— O quê?

— Talvez seja melhor ficarmos por nossa conta? — Ela ergueu uma sobrancelha loura. — Chi Sigma?

Cate assentiu devagar.

— Pode dar certo.

Para sempre

Andie estava ao lado de Cate, Lola e Stella, segurando apertado a haste do buquê de rosas. Emma e Winston estavam de mãos dadas embaixo do arco florido, recitando a última parte dos votos de casamento. Andie tinha ficado tão emocionada quando seu pai e Emma entraram no jardim, demorando para compreenderem a banda tocando no terraço, as mesas redondas cobertas em linho verde-claro, os vasos transbordando de orquídeas. Emma tinha começado a chorar ao ver seu irmão Simon, e Winston declarou que era melhor do que o casamento que Gloria havia planejado. Emma tinha até se trocado e colocado o vestido de noiva Vera Wang para a cerimônia, e Winston usou seu smoking.

— Eu os declaro marido e mulher — disse o juiz Haines, juntando as mãos. — Pode beijar a noiva.

Winston sorriu maliciosamente. Ele inclinou Emma para trás e deu nela um beijo de cinema na boca. Emma soltou uma risada e deu um tapinha de brincadeira na lapela de sua jaqueta. Os convidados, que tinham se juntado em volta da arcada, bateram palmas. Greta apertava ao botão de sua câmera fotográfica descartável com grande esforço, enquanto Tatiana Petrov, a supermodelo, apertava lencinhos contra seu rosto oleoso.

Andie ouviu um barulho de alguém fungando e se virou para Cate, que estava secando os olhos com a ponta do dedo.

— Está chorando? — sussurrou Andie. Ela sorriu, satisfeita. Qualquer cerimônia que fizesse Cate chorar era um sucesso completo.

— Claro que não. — Cate sussurrou de volta, virando as costas. Talvez *estivesse* chorando, mas preferia passar todas as noites de sexta-feira brincando com as Barbies de Sophie do que admitir que se emocionou com o casamento do pai — o mesmo casamento que um dia atrás esperava que nunca acontecesse. Emma e Winston estavam de frente para a multidão de convidados, suas mãos levantadas como se estivessem agradecendo os aplausos da plateia num musical da Broadway. Cate girou o anel de safira em seu dedo. Emma nunca seria sua mãe, mas ela *realmente* amava seu pai. E por enquanto, parecia ser o suficiente.

A banda começou a tocar músicas clássicas enquanto os convidados se espalhavam, passeando pelo jardim. Alguns dos velhos amigos de Yale de Winston estavam sentados no bar, sua mesa explodia em gargalhadas de vez em quando. A mãe de Emma bebia um Martini e falava alto com seu filho Simon e sua esposa, uma mulher curvilínea num vestido Valentino púrpura.

Emma levantou a barra cauda de sereia de seu vestido e empurrou Winston até as meninas.

— Amores — cantarolou, beijando Lola e Stella na bochecha.

Winston alisou para trás a franja de Andie e envolveu Cate num abraço.

— Obrigado por isso. — Ele deu um passo atrás para olhar todas juntas.

Lola jogou seus braços compridos no pescoço de Winston e tropeçou.

— De nada, Winston! — exclamou. Winston lentamente a abraçou de volta, um pouco surpreso.

— Isso aí, Lola — disse ele, um sorriso se abrindo no rosto. Em seguida, Lola abraçou Stella, que não conseguiu segurar o riso. Lola parecia um filhotinho excitado, correndo por aí e enchendo todo mundo de beijos molhados.

— Parabéns. — Stella disse, beijando Winston em cada bochecha. Cate e Andie se alternaram dando abraços em Emma, enquanto a fotógrafa, uma mulher usando terno masculino cinza, se ajoelhou na frente deles e tirou algumas fotos.

— Essa é uma família deslumbrante! — exclamou ela. — Agora vamos tirar uma de todos vocês embaixo do arco. — Ela os empurrou para trás com uma das mãos.

— Isso! — Lola gritou, pulando para cima e para baixo com seus saltos. — Nossa primeira foto de família!

Stella olhou de relance para Cate, esperando que ela revirasse os olhos, mas ela não fez isso. Emma e Winston resplandeciam. Juntas, ela e Cate fizeram suas melhores poses para a câmera.

Andie se virou para Lola.

— Pronta... *mana*? — Ela perguntou, um sorriso se formando no rosto.

Lola olhou para o jardim, onde os convidados pegavam aperitivos das bandejas de prata. A vocalista da banda tinha começado uma música mais animada, e um dos amigos de Yale de Winston puxou Greta para dançar swing, rodando ela duas vezes.

— Com certeza — disse ela, pegando o braço de Andie, e elas se espremeram ao lado de suas irmãs.

Epílogo

Elas viveram todas felizes para sempre. Ou não.

As irmãs Sloane podem ser melhores amigas agora, mas quando o relógio bate meia-noite, tudo pode mudar. Afinal de contas, é difícil ser irmã... e ainda mais difícil ser amiga.

E honestamente — um final de conto de fadas? Que graça tem nisso?

Agradecimentos

Em primeiro lugar, um enorme obrigada para as pessoas ótimas da Alloy Entertainment: o hilário Josh Bank, também conhecido como Sheila Beers, que ficou famoso por espontaneamente canalizar muitos dos personagens dessa série. Sara Shandler, pelos seus incríveis insights editoriais e, mais importante, por acreditar. Para a impressionante mente esperta Joelle Hobeika, por seu entusiasmo, bom humor, e apoio. E a Lanie Daires, por fazer a conexão que iniciou tudo.

Estou em débito com Farrin Jacobs e Zareen Jaffery, da Harper Collins por suas notas editoriais e entusiasmo pela série. Um grande abraço e obrigada para Kate Lee por fazer minha vida cinco mil vezes mais fácil.

Tenho muita sorte por ter amigos tão presentes, que me ouviram e encorajaram em cada etapa do processo. Muitos deles aparecem nessas páginas em diferentes encarnações, e este livro não seria possível sem eles. Por fim, mas não menos importante, agradeço ao meu irmão, Kevin, e aos meus pais, Tom e Elaine, que fazem a palavra "obrigada" ficar pequena perto da enorme gratidão que sinto para com eles. Eu amo vocês.

Este livro foi composto na tipologia Sabon
LT Std, em corpo 11/16, e impresso em papel
off-white 80g/m² no Sistema Cameron da
Divisão Gráfica da Distribuidora Record.